© 2019 Stephan Dettmeyer
Herstellung und Verlag:
BoD – Books on Demand, Norderstedt
eMail: albertus-books@gmx.de
ISBN: 9783759775856

Stephan Dettmeyer

Nicht ohne meine Pillen!

- ein heiteres Plädoyer für Nahrungsergänzungsmittel und andere Pillen

Gegen Arthrose oder schwache Blase,
gegen Impotenz und schlaffen Willen,
gegen Druck im Darm durch Gase -
gegen alles gibt es Pillen!

zum Autor:
Dettmeyer ist Kolumnist, Fotograf, Kabarettist und eigentlich hat er Geophysik und Philosophie studiert. Lebt mit seiner Lebensgefährtin in Leipzig. Zwei Kinder und vier Enkel.

Inhalt:

Vorworte

- In Deutschland werden so viel Tabletten und Pillen geschluckt, dass viele Mediziner nicht mehr vom menschlichen Mund (lat.: os), sondern vom **Pilleneinwurfschacht** sprechen.

- Zur Erläuterung des Begriffes 'Pillen':
Alles was man zum Einnehmen, zum Schlucken oder Inhalieren nur in der Apotheke kaufen kann oder sogar rezeptpflichtig ist, gilt bei mir als Tabletten oder Medizin.
Egal in welcher konkreten Darreichungsform.
Genauso unwissenschaftlich und pauschal bezeichne ich alle Nahrungsergänzungsmittel, die man auch im Supermarkt oder einschlägigen Drogerieketten kaufen kann, als Pillen. Egal welche Darreichungsform! Egal ob bittere oder süße Pillen!
Keinesfalls sind nur 'die Pillen' gemeint, die zur Verhütung dienen.

- Momentan schlucke ich morgens eine halbe Tablette (Betablocker), eine Tablette (Blutdruck) und zirka zehn bis fünfzehn verschiedene Pillen. Hier eine Aufstellung - ohne Hersteller:

Gelenke
Knochen
Muskulatur
Herz-Kreislauf
Nerven
Magen/Darm
Blase/Prostata
Haut
Hirn/Gedächtnis

Das ist sicherlich schon beinahe rekordver-
dächtig. Mein Schwiegervater allerdings
verdrückte täglich ein Dutzend Tabletten und
sieben Pillen, bis er nur knapp einer Medi-
kamentenvergiftung entging und radikal absetzen musste. Dabei waren die Pillen der
harmlose Teil.

- Meine jetzige Frau sagt, ich wäre süchtig.
Pillenfresser!
Dabei habe ich gerade in den letzten Wochen
erheblich reduziert und Dopplungen ausge-
merzt. Bei den Pillen für die Gelenke, beziehungsweise gegen die Gelenkbeschwerden,
war mein Einnahmevolumen zugegebener
Maßen ungesteuert auf fünf Sorten Pillen
verschiedener Hersteller zuzüglich einer 15-
ml-Flüssigpille angewachsen.

Es gibt die Flüssigpille übrigens auch als normale Pille mit den gleichen Inhaltsstoffen, aber in der Beschreibung wird versprochen, dass die Flüssigpille, weil dort die Inhaltstoffe eben schon flüssig sind, schneller wirken würde.

In Wein verdünnter Alkohol wirkt ja bekanntlich auch schneller, als alkoholgetränkte Kreide!

- Was grundsätzlich die Wirkung der Pillen betrifft - da sollte man keine Wunder erwarten. Und schon gar nicht, was die Geschwindigkeit der Wirkung betrifft. Sofortige Wirkungen sind eher selten.

Manche Pillen helfen nie!
Um das herauszufinden, muss man sie aber erst einmal schlucken!

- Jedes Mal, wenn ein neues Gelenk-Mittel per Flyer bei mir eintrudelte, konnte ich nicht widerstehen. Die Argumente, die für die jeweilige Pillen sprachen, waren aber auch immer sehr überzeugend. Und schließlich - man weiß ja nie - vielleicht sind es gerade die Pillen, die da angepriesen werden, die den ultimativen Durchbruch bringen??!!

"Nur Gesundheits-Mittel mit der Intelligenz der Natur bieten die alles überragende und einzigartige Gesundheits-Kraft, die unsere Körperzellen auch wirklich erreicht."

Das ist doch geschickt und zugleich zurückhaltend formuliert. Dir wird nichts versprochen!

Übrigens:
Die Beschreibungen der jeweiligen Pillen in Katalogen und Flyern sind bezüglich ihrer Wirkungsweise hierzulande wirklich meistens sehr zurückhaltend, wenig vollmundig, oder gar marktschreierisch. Nein, sie sind eher sachlich und bescheiden.

Wunderwirkungen werden nie direkt versprochen.

Oft werden nur Leute zitiert, die wegen der durchschlagenden Wirkung begeisterte Pillenschlucker geworden sind.

Leute, die die jeweilige Pillensorte auch tonnenweise geschluckt haben und keine Wirkung verspüren konnten, kommen in den Flyern und Werbeprospekten der Pillenhersteller selten zu Wort.

Das wäre ja auch - ehrlich gesagt - bekloppt!

Nicht selten beschränken sich Anbieter bei bestimmten Pillen auf die Beschreibung der Inhaltsstoffe, Darreichungsform und Verzehrempfehlungen. Wofür - oder wogegen - die Pillen gut sein könnten, ergibt sich dann manchmal nur aus der Einordnung in den Katalog. Wenn eine Pillensorte unter 'Herz & Kreislauf' aufgeführt ist, kann man schlussfolgern, dass es für Herz und Kreislauf gedacht ist.

Wenn eine Pillensorte unter 'Männer' steht, dann könnte sie vornehmlich für Männerbeschwerden gedacht sein.

Wahrscheinlich stehen die Anbieter unter einer rigiden Kontrolle von Verbraucherschützern, die genau aufpassen, dass nicht das Blaue vom Himmel versprochen wird. Gut so!

"Wir warnen vor der Bestellung von angeblich fantastisch wirkenden Nahrungsergänzungsmitteln, die im Internet aus Quellen außerhalb von Deutschland und benachbarten Staaten angeboten werden. Käufer riskieren erhebliche Gesundheitsschäden. Die Internetdatenbank von GPSP „Gepanschtes" nennt aktuell mehr als 830 Risiko-Produkte. Zeitgleich mit dieser GPSP-

Ausgabe haben wir 11 Produkte neu in unsere Datenbank aufgenommen."

(www.gutepillenschlechtepillen.de → Ge-panschtes)

Bei den vorhin erwähnten Gelenkpillen habe ich also mittlerweile persönlich selektiert und bin jetzt bei täglich drei Sorten von Gelenkpillen angekommen, wobei zwei vom selben Hersteller sind.
Mehr dazu im Kapitel:

- Wenn ich mich verrenke, knarren die Gelenke !

- Doch noch einmal sei es betont - ich bin nicht süchtig!
Auch wenn das meine jetzige Frau immer wieder störrisch und rechthaberisch behauptet.
Nein, ich bin nur vorsichtig und vorausschauend.

Man muss der Leber helfen, solange sie noch lebt.

Eines der nachfolgenden Kapitel trägt deshalb exemplarisch die Überschrift:
Ist die Leber hart wie Stein, stellt sie bald ihre Arbeit ein!

Nein, man darf nicht warten bis das Kind in den Brunnen gefallen ist...
oder das Herz in die Hose gerutscht ist...
oder die Niere wieder wandern geht...
- Prophylaxe ist wichtig!

Prophylaxe heißt vorbeugen. Und vorbeugen ist bekanntlich besser, als rückwärts umkippen!

- Als junger Mensch hätte ich allerdings niemals geglaubt, solch ein Experte in Sachen 'Pillen' werden zu können. Und schon gar nicht, dass ich mich einmal gemüßigt fühlen könnte... - aber was heißt gemüßigt? - mich dazu berufen fühlen könnte (!!!), meinen Erfahrungsschatz anderen Menschen, die noch nichts vom segensreichen Wirken der Pillen ahnen, weiterzureichen.

Der ausschlaggebende Moment für mein Gefühl, dass ich berufen bin, war ein langes Gespräch mit meiner Stiefschwiegertochter am Rande einer feuchtfröhlichen Geburtstagsfeier, in dem es mir gelang, sie mit meinem geballten Pillenwissen in Erstaunen zu versetzen und förmlich zu begeistern. Sie versprach mir hoch und heilig, sich gleich am nächsten Tag eine Basisversorgung an Pillen per Internet zu bestellen.

Dass sie es dann doch weder hoch, noch heilig getan hat, wird sie sicherlich irgendwann einmal heftig bereuen. Aber ich wasche dann meine Hände in Unschuld - ich habe mein Bestes gegeben, sie zu bekehren und auf den rechten Weg zu führen.

Und ja - ohne mich über Gebühr überheben zu wollen - ich fühle mich als eine Art von Heilsbringer, Apostel, Zeuge Jehovas!

Ich zeuge - mit gewissen Einschränkungen - für die löbliche Wirkung von Pillen und angrenzenden Nahrungsergänzungsmitteln!

Übrigens:

Wenn ich den umgangssprachlichen Begriff 'Pille' verwende, muss man dabei immer mitdenken, dass es auch Pülverchen, Pastillen oder Öle und andere Flüssigkeiten bei den Nahrungsergänzungsmitteln gibt. Die Darreichungsform ist sekundär!

Und nochmals:

Die Pillen, die ich so allgemeinhin , stellvertretend für alle möglichen Darreichungsformen als solche bezeichne, haben nichts mit der berühmten 'Pille', die von den Frauen in der Phase von der Geschlechtsreife bis ins Klimakterium unentwegt geschluckt wird, zu tun.

Auf den Zusammenhang von jener 'Die Pille' genannten Pille (die eigentlich eine Hormontablette ist), zu solchen Pillen, die Männern helfen können, den Sexualbedarf der 'Die Pille' schluckenden Frauen zu befriedigen, kommen wir dann im Kapitel:

- Wirft die Frau sich Pillen ein, muss der Mann zu Willen sein!

Meine jetzige Frau ist übrigens aus der Phase, da sie jene 'Die Pille' genannten Pillen verzehren musste, um nicht andauernd schwanger zu werden, heraus.

Was mich und meinen damit korrespondierenden Pillenkonsum betrifft... - aber - wie gesagt - dazu später!

- Nicht selten entbrennt um die, von mir 'Pillen' genannten Ernährungsergänzungsmittel, zwischen Pharmaindustrie, also denen, die dem Arzneimittegesetz unterliegende Medikamente herstellen, und den Pillenherstellern ein wilder Streit.

"Gleich zweimal innerhalb von drei Monaten warnte die US-amerikanische Arzneimittelbehörde FDA vor einem angeblich natürlichen Nahrungsergänzungsmittel, das gegen Muskel- und Gelenkschmerzen verkauft wurde. Bei der Behörde waren dutzende Meldungen eingegangen, die Reumofan Plus Premium mit vielerlei Nebenwirkungen in Verbindung brachten, sogar mit schweren Blutungen, Schlaganfall und Tod. In dem harmlos erscheinenden Mittel fanden FDA-Wissenschaftler bei der Überprüfung starke Arzneistoffe wie das Kortikoid Dexamethason (Fortecortin® u.a.) und das Schmerz- und Rheumamittel Diclofenac (Voltaren® u.a.).

In Deutschland dürfen seit den 1980er Jahren solche Bestandteile wegen gefährlicher unerwünschter Wirkungen nicht mehr in einem Arzneimittel kombiniert sein.

Der Fund ist wieder einmal ein krasses Beispiel für die Skrupellosigkeit mancher Anbieter von Nahrungsergänzungsmitteln, die ihre Panschereien im Internet vermarkten.

Anders als in den USA wird in Deutschland – aufgrund der föderalen Strukturen – allenfalls auf regionaler Ebene über gepanschte Produkte informiert. So warnten im August Schleswig-Holstein vor Viamax Pure Power *und Rheinland- Pfalz vor Golden Root Complex, die beide mit dem chemischen erektionsfördernden Sildenafil (Viagra®) gepanscht waren, zum Teil sogar mit mehr Wirkstoff als in Arzneimitteln erlaubt ist."*

Also, um es deutlich zu sagen:
Die Pharmaindustrie wirft den Pillenherstellern zum Einen vor, dass die Pillen nicht helfen - oder gar schaden können - und reine Geldschneiderei seien,

und zum anderen wirft man den Pillen vor, dass sie in ihrer Wirksamkeit teilweise der Wirkung von Medikamenten gleichkommen und also nicht einfach so wie Nahrungsergänzungsmittel verkauft werden dürften, sondern sie müssten den allgemeinen Vorschriften, die für Medikamente gelten, unterworfen werden.

Für mich ist die Sache klar:
Die Pharmaindustrie neidet den Pillenherstellern den Status, keine Medikamentenhersteller zu sein. Einige Pharmahersteller versuchen ja auch, sich in den Pillenmarkt einzuschleichen.
Aber letztlich ist mir das alles ziemlich egal.

Fest steht

- die Pillen haben Wirkungen, die von der Pharmaindustrie - auch wenn teilweise nur indirekt - anerkannt werden.

Und wenn die Arzneimittelbehörden in Deutschland nicht nur regional, sondern bundesweit gegen fragwürdige Produkte der Pharma- wie der Nahrungsergänzungsmittel-Industrie vorgehen würden, wäre für den Verbraucher alles in Butter.

Allerdings - uns als Verbraucher, oder Nutznießer, oder Nutzhuster... - uns bleibt es in jedem Fall vorbehalten, herauszufinden, welche Wirkungen welche Pillen bei uns haben.
Was bei mir wirkt, muss beispielsweise nicht bei meiner Frau wirken.

Bevor wir - meine jetzige Frau und ich - diese Tatsache beidseitig akzeptierten, kam es zwischen uns häufig zu heftigem Streit. Meine jetzige Frau schluckt ja auch täglich ein ordentliches Quantum an Pillen. Aber wir konnten uns selten einig werden, welche Pillen zu bevorzugen sind.
Heute reden wir uns gegenseitig nicht mehr hinein, was Auswahl und Menge unserer Pil-

len betrifft. Nur selten kommt es zu vorsichtigem Erfahrungsaustausch.

Und wenn meine jetzige Frau mich nicht der Pillensucht bezichtigen würde, könnte man von friedlicher Koexistenz sprechen.

Wir sind jedenfalls beide überzeugte Pillenfresser.

Und - all jenen, die behaupten, dass die Pillen letztlich und mehrheitlich nur Placebos seien, denen schmettere wir ein frisches "Nein!" entgegen.

Dem "Nein!" lasse ich dann noch ein "Und wenn schon!" folgen.

Placebo hin, Placebo her!

Das ist doch auch bei den homöopathischen Mittelchen so!

Auch wenn keiner begreift, oder erklären kann, wieso die Kügelchen - diese 'globuli' - bei bestimmten Beschwerden helfen können...

- alle Erklärungen, die bisher vorliegen, sind schließlich absolut unwissenschaftlich und entbehren jeglicher Logik! -

- Homöopathie ist eine Religion. Entweder man glaubt an die Wirkung der 'globuli', oder sie helfen nicht! -

- ...wenn die Kügelchen doch helfen, haben sie ohne Frage ihren Zweck in vollem Umfang erfüllt.

Aber...
- jetzt hebe ich die Stimme an und sage:

Die Nahrungsergänzungsmittel sind keine Placebos!

Sie können vielleicht hier und da auch eine placeboartige Wirkung haben, aber sie haben immer auch eine objektive Wirkung - unabhängig, ob einer an die Wirkung glaubt, oder nicht.

In vielen Pillen ist nicht zuletzt das Jahrhunderte alte Wissen um Heilkräuter eingeflossen und produktiv bewahrt.

"Heilkräuter und Heilpflanzen begleiten uns Menschen seit hunderttausenden von Jahren. Es ist uraltes Wissen, tief in allen Kulturkreisen verwurzelt: Ob die Medizinmänner der Indianer, die Schamanen der asiatischen Steppenvölker, die Heiler der Antike oder unsere Kräuterweiblein – sie alle wussten

um die verborgenen Heilkräften von heilen-
den Kräutern und Gewürzen. "

(www.gesunde-hausmittel.de/heilpflanzen)

Ich habe anfänglich auch nicht geglaubt, dass die Pillen, die in den Regalen der Super-märkte, Drogerieketten und Baumärkte ste-hen, und nicht nur in Apotheken, einen ande-ren Nutzen haben könnten, als Gewinn für die Hersteller und Verkäufer abzuwerfen, aber im Laufe vieler Jahre habe ich ge-merkt... gespürt... erlebt, dass mir die Pillen helfen können.

Ja, beim gedämpften Altwerden helfen können!
Oder - das Altwerden erleichtern! Abfe-dern!

Allerdings... - ja, es gibt wieder ein "aller-dings"! - ...viel hängt von den jeweiligen Umständen ab, unter denen man zu Pillen greift.
Und es gehört eine Portion medizinisches Grundwissen dazu, um herauszufinden, wel-che die richtigen Pillen für einen sind, bzw. sein könnten.

Es hilft kein guter Wille, Pille ist nicht Pille!

Die meisten Ärzte weigern sich nachhaltig, mit ihrem Wissen Hilfestellung bei der Auswahl der Pillen zu geben.
So ist Pillenschlucken immer zu einem guten Teil auch ein waghalsiger Selbstversuch.

Um Risiken und Nebenwirkungen, wegen denen ich keinen Arzt oder Apotheker fragen kann, vorzubeugen, führe ich übrigens eine tabellarische Aufstellung über alle Pillen, die ich 'fressc'.
Für jede Pille gibt es eine Spalte.
Darunter reihen sich reichlich dreißig Zeilen für die häufigsten Inhaltsstoffe - also, vorwiegend für Vitamine und Minerale.
So kann ich aus der Tabelle jederzeit ablesen - beispielsweise Vitamin C - wieviel ich insgesamt nahrungsergänzend an Vitamin C mit den verschiedenen Pillen, in denen Vitamin C enthalten ist, zu mir nehme.
Damit ich vermeide ich unnötige - oder gar schädliche! - Überdosierungen.
Außerdem habe ich eine Aufstellung darüber, welche Inhaltsstoffe - also Vitamine

und Mineralien - für welche Organe wichtig und hilfreich sind.

Aus all diesen Informationen ermittle ich dann meinen aktuellen Pillenbedarf, der natürlich - entsprechend der aktuellen Wehwehchen - schwankt.

Mehr Müdigkeit - mehr Eisen!

Mehr Leberzucken - mehr Mariendistel! etc. pp.

Die Auswahl der entsprechenden Pillen mit den günstigsten Inhaltstoffen ist ein weiteres großes Feld, auf dem man sich schnell verirren kann.

Monatlich verwende ich wenigstens einen ganzen Tag darauf, meine körperlichen Befindlichkeiten mit dem Pillenverzehr abzugleichen. Hochinteressant!

Es gibt nichts Aufregenderes, als die eigenen Wehwehchen!

1. Kapitel:
Aller Anfang ist schwer

Für die Gesundheit und für den Erhalt hoher Leistungsfähigkeit biologischer Systeme sind fraglos viele Faktoren wichtig: Ernährung, physische und psychische Belastungen, Bewegung, Genussmittelkonsum, genetische Anlagen...

Wer mit seinem Körper so umgeht, als wäre der jederzeit erneuerbar und reparabel, muss sich übrigens um den gezielten Einsatz von Pillen nicht weiter kümmern. Dem würde ich empfehlen, sich mit Amputations- und Transplantationschirurgie zu beschäftigen.

Die Wirkung von Pillen beruht auf langfristiger, maßvoller und prophylaktischer Anwendung.

"Die versprochene Heilung der Krankheit durch ein Nahrungsergänzungsmittel ist ohnehin eine nicht erfüllbare und kriminelle Versprechung. Sie soll den Verkauf des Produktes fördern und nutzt die Gutgläubigkeit chronisch kranker Menschen aus.
Der Boom wird vielfach auf ein gestiegenes Gesundheitsbewusstsein zurückgeführt. Dass

jedoch eine Ergänzung unserer Nahrung mit Vitaminen und Mineralstoffen, pflanzlichen oder sonstigen Stoffen über-haupt sinnvoll ist, bezweifeln wir. Das Geld dürfte in einer abwechslungsreichen Ernährung, die auf Obst und Gemüse der Saison und der Region basiert, besser angelegt sein.

Im Gegensatz zu Arzneimitteln werden Nahrungsergänzungsmittel nicht behördlich auf Nutzen und potenzielle Schädlichkeit überprüft. Sie unterliegen dem Lebensmittelrecht. Für Lebensmittel gilt: Sie müssen vor allem sicher sein. Die Verantwortung hier-für liegt ausschließlich bei den Herstellern, Importeuren bzw. Anbietern. Doch diese haben vor allem Interesse daran, Umsatz zu machen. Produzenten und Anbieter vermitteln daher oft den Eindruck, dass ihre Produkte völlig ohne Risiko sind und die Gesundheit verbessern können, ohne dass sie dies durch Studien belegen müssen. Und manche Nahrungsergänzungsmittel sind nicht nur überflüssig, sondern geradezu gefährlich. Dabei handelt es sich um Produkte, die chemische Wirkstoffe enthalten, die nicht auf der Packung deklariert sind („gepanschte" Produkte), und überwiegend um Nahrungsergänzungsmittel aus zweifelhaften Quellen im Internet. Grundsätzlich sollten Sie Nah-

rungsergänzungsmittel – sofern man über-
haupt hierfür Geld ausgeben will – über
Händler in Deutsch-land oder der europäi-
schen Union kaufen, da dann zumindest eine
gewisse Kontrolle des Händlers stattfindet,
erkennbar am europäischen Qualitätslogo
mit dem weißen Kreuz auf grünem Grund
(GPSP 5/2015, S. 14). Wo immer möglich,
nennt GPSP auffällig gewordene Produkte
im Klartext, damit sich Verbraucherinnen
und Verbraucher konkret informieren und
schützen können."

(https://gutepillen-schlechtepillen.de/wo-gibt-es-gpsp/)

Bevor ich zum Pillenfresser wurde... - anfangs in bescheidenem Umfang, versteht sich
- ... war ich ein ganz normaler junger
Mensch, der relativ gesund und stark, trotzdem auch das Zeug dazu hatte, gelegentlich
zu erkranken.
Gegen einige Krankheiten war ich - als Kind
der DDR - geimpft.
Andere Krankheiten befielen mich vielleicht
deshalb nicht, weil sie leichtere Opfer als
mich finden konnten. Ich hatte mit vierzehn
Jahren immerhin gut zehn Kilo Übergewicht!

Die einzige Krankheit, die ich wirklich regelmäßig vorweisen konnte, war "Schnuppn-Hustn-Heisorkeit"!

Und daran bin ich genauso regelmäßig jedes Mal fast gestorben.
Zum Glück: Man stirbt nur einmal!

Ich weiß nicht, ob ich besonders sensibel war, aber an den Tagen, in denen mich irgend so ein Erkältungsvirus in der Mangel hatte, fand ich das Leben nicht mehr lebenswert. Selbst Sendungen des Westfernsehens, die wir gelegentlich bei guter Wetterlage bei uns im Erzgebirge sehen konnten, trösteten mich nur wenig.

Den Kampf gegen den Erkältungstod führte ich - wie es schon meine Großeltern taten - und wie es eben seit jeher üblich war, mit heißem Bier, Rotlichtbestrahlung, dem Inhalieren heißer ätherischer Dämpfe, Nasentropfen und allen möglichen Bonbons von Eukalyptus bis ... - na, wie heißen gleich die Bonbons, die ich immer Auto habe? 'Krügerol'? Ja, 'Krügerol'!

Jedenfalls führte ich jedes Mal den Kampf gegen die Erkältung absolut erfolglos.

Unverwüstlich galt die alte Schnupfenregel:

Drei Tage kommt er, drei Tage steht er, drei Tage geht er!

Daran war nichts zu ändern!

Ich weiß natürlich, dass ich mich überaus glücklich fühlen darf, bis ins hohe Alter von 30 Jahren keine schlimmeren Krankheiten gehabt zu haben, aber diese Erkältungen nervten mich und quälten mich extrem; und das insbesondere, seit ich einer Kabarett-Gruppe angehörte und regelmäßig vor Publikum auf der Bühne stand.
Übrigens - durchaus zum Vergnügen des Publikums!
Das Kabarett war mir so wichtig, wie sonst höchstens noch meine beiden Kinder... und dann mit gewissem Abstand - meine damalige Frau.

Aber wenn mich der Erkältungsvirus ereilt hatte, und mein Rachen inwendig eine einzige offene Wunde war... - dann war Kabarettspielen, wo man laut sprechen und gelegentlich auch rumbrüllen musste, die reinste Folter!

Auf der Arbeit konnte ich ja einfach de Klappe halten... oder ich konnte mich krankschreiben lassen...

die Kollegen konnten auch ohne mich den Sieg des Sozialismus vorantreiben... beziehungsweise das Bruttosozialprodukt steigern... aber die Kabarettbühne - was sollte die ohne mich machen?

Und da kam meine Schwiegermutter des Weges!

Nein, sie hatte kein uraltes Allheilmittel von ihrer Oma in petto, sondern "Summavit forte". Fruchtig schmeckender Rote Kügelchen. Sie waren sozusagen meine 'Einstiegsdroge' - meine erste zaghafte Begegnung mit Pillen. Noch vor der Wende.

Übrigens:
Wenn ich in meinen Darlegungen hier und da bestimmte Namen von Präparaten nenne, dann soll das keine Schleichwerbung sein. Die Namen helfen mir, umständliche Beschreibungen zu vermeiden.
Bei Film oder Fernsehproduktionen, in denen Autos eine Rolle spielen, sieht man auch immer die Markennamen.

Außerdem werde ich voraussichtlich auch dann Namen nennen, wenn es Kritisches anzumerken gibt.
Je nachdem, wie es mir günstig für das Verständnis meiner Darlegungen erscheint.

"Summavit forte" - also:
Ein Multivitaminpräparat, das im Osten Deutschlands viele Jahre konkurrenzlos war.
Die Darreichungsform waren - wie gesagt - kleine runde Kügelchen, kleine Perlen!

"Aus der Packungsbeilage:
- zur Vorbeugung von kombinierten Vitamin-Mangelzuständen.
Summavit ist nicht geeignet zur Vorbeugung und Behandlung von Vitamin-Mangelzuständen, die mit einer gestörten Aufnahme von Vitaminen aus dem Darm einhergehen.
Zur gezielten Vorbeugung eines Mangels eines bestimmten Vitamins werden höher dosierte Monopräparate empfohlen."

Eine Heilpraktikerin hatte meiner Schwiegermutter empfohlen, zur allgemeinen Stärkung des Immunsystems diese Pillen zu schlucken, die übrigens - wie gesagt - nicht bitter waren, sondern angenehm fruchtig schmeckten.

"Vitamine sind an vielen unterschiedlichen chemischen Vorgängen im Körper beteiligt. Der Organismus braucht Vitamine unter anderem für ein starkes Immunsystem und um die Abwehrkräfte zu mobilisieren. Doch anders als bei Tieren kann der menschliche Körper Vitamine nicht in ausreichendem Maße selbst produzieren. Daher müssen wir auf eine ausgewogene, vitaminreiche Ernährung achten, um Mangelerscheinungen zu vermeiden. Zudem kann ein erhöhter Vitaminbedarf entstehen, etwa in der Kindheit oder im Alter. Auch eine bestimmte Lebenssituation, wie eine Schwangerschaft oder eine Erkrankung, erfordern die zusätzliche Einnahme bestimmter Vitamine. Doch Vorsicht: Auch zu viele Vitamine können dem Körper schaden!

(Mehr zum Thema:

https://www.gesundheit.de/ernaehrung/naehrstoffe/vitamine")

Meine Schwiegermutter, die hin und wieder bei ihrer Tochter, die meine damalige Frau war, nach dem Rechten sah, gab mir diese Empfehlung, weil ich gerade eben wieder am Sterben war, an mich weiter.

Und ich vergaß sie nicht.

Die Empfehlung! Obwohl ich ansonsten die meisten Ratschläge und Empfehlungen meiner Schwiegermutter schneller vergaß, als die sie aussprechen konnte.

Ich begann Pillen zu schlucken!

Allerdings vorschriftsgemäß in den - in der Packungsbeilage - empfohlenen Maßen.

Dass man bei übermäßigem Verzehr von Vitaminpillen auch Schaden an Leib und Leben nehmen kann, war mir stets bewusst.

Vor der Losung - **"Viel hilft viel!"** - muss jedenfalls grundsätzlich gewarnt werden.

Sie mag im Bereich der Finanzwirtschaft bei Profit und Börsengewinnen ihre Berechtigung haben, aber diese Losung gilt nicht bei der Einnahme oder Verwendung von medizinischen oder nahrungsergänzenden Präparaten.

Hier gilt das Prinzip des 'rechten Maßes'!

Dieses Prinzip wäre vielleicht auch für den Finanzsektor sehr hilfreich!

Oder - noch besser! - wenn sich die Superreichen in ihrem eigenen flüssigen Geld ersäufen könnten... - das wäre dann echte Liquidität!

Pardon!

Ich kann mich an jene Jahre, da ich mit Multivitaminpillen begann, meinen Gesundheitszustand zu beeinflussen, nicht mehr genau erinnern - es liegen immerhin über vierzig Jahre bis zum heutigen Tag dazwischen -, aber eines weiß ich noch genau - ich verspürte einen positiven Effekt!
Die nächste akute Erkältung schien sich erstens nicht ganz so ausgeprägt bösartig auf mich und meinen Rachen auszuwirken, und war zweitens wenigstens einen Tag früher vorbei. Die übernächste Erkältung ließ dann außergewöhnlich lange auf sich warten.

Als ich dann wieder eine Erkältung mit der vollen Bandbreite an Gemeinheiten und schlimmen Rachenschmerzen bekam, wurde mir bewusst, dass ich im Trubel des Alltags irgendwann vergessen hatte, meine Multivitaminpillen zu schlucken.
Vielleicht war es auch dem nicht eben geringfügigen Kostenfaktor geschuldet, dass ich die Pillen nicht mehr geschluckt hatte.
Als junge Eheleute mit zwei Kindern mussten wir an vielen Ecken sparen.
Dass die Krankenkassen die Kosten für Nahrungsergänzungsmittel nicht übernehmen, ist

eine bis heute anhaltende Riesenschweinerei und dazu noch eine ökonomische Dummheit.

Was alleine durch die prophylaktische Einnahme von Multivitaminpräparaten an Kosten für Behandlung von Erkältungskrankheiten und Arbeitsausfall gespart werden könnte, ist sicherlich enorm!

Nun - ich erkannte die Sachlage und hörte auf die Signale meines Körpers:
Ich schlucke seither regelmäßig Multivitaminpillen.

Also, mittlerweile seit über vierzig Jahren!

Im Laufe der Jahre habe ich Präparate verschiedener Hersteller ausprobiert - ohne auch nur einmal direkt schlechte Erfahrung gemacht zu haben - und bin nun seit fünf Jahren bei 'Multi-Vitamin-Pillen mit Mineralkomplex' gelandet.

Und jetzt kommt es:
Ich habe seit über dreißig Jahren keine richtig schwere Erkältung mehr gehabt!

Wenn es hochkommt, erwischte mich in harmloser Ausprägung mal so ein hinterlistiger Erkältungsvirus, oder eine seiner bakteriellen Verwandtschaft, vielleicht dreimal - wenn's hochkommt!

Ausnahme:
Ich hatte Corona!
Das war etwas schlimmer, als Erkältung!
Dagegen hatte es eben keine Pillen gegeben.
Und die Impfungen, die ich mir allesamt hatte verabreichen lassen, konnten die Infektion nicht verhindern.
Ob ich nun 'Long Covid' mit mir herumschleppe, kann mir niemand genau sagen.
Auf einer Liste von einunddreißig der häufigsten Symptome von 'Long Covid' habe ich vierzehn gefunden, die ich bei mir erkennen kann.
Allerdings sind sie eben alle nicht so stark ausgeprägt, als dass man sie nicht auch als normale Alterserscheinungen abtun könnte.

Aber Corona ist ein Thema, was über das 'Pillen-Niveau' und meine medizinischen Kenntnisse hinausgeht.
Ich bleibe auf 'Pillen-Niveau'!

Und so sei es nochmals betont:

Natürlich haben Vitamine nicht nur Bedeutung für das Immunsystem und für die Vorbeugung von Erkältungskrankheiten.

Wer weiß, was ich den Vitaminen für mein Allgemeinbefinden alles zu verdanken habe?

Dass ich im Rentenalter - **Ü 75** - noch relativ rüstig und leistungsfähig bin...

- was ich mir immer wieder bei meinen Kabarettauftritten beweise -

...dürfte auch zu einem bestimmten Prozentsatz den Vitaminpillen zu verdanken sein.

Denke ich.

"Vitamine und Mineralstoffe werden nur in kleinen Mengen vom menschlichen Körper gebraucht. Trotzdem sind sie für unsere Gesundheit und Leistungsfähigkeit unerlässlich. Vitamine und Mineralstoffe sind bei allen Körperfunktionen beteiligt. Sie sorgen zum Beispiel für die Stabilität der Knochen, erhalten die Sehkraft und stärken das Immunsystem und die Nerven."

Nebenbei:

Man sollte natürlich auch die Angebote der Schulmedizin nicht leichtfertig in den Wind schlagen.

Die Grippeschutzimpfungen sind nicht nur kostenlos (weil die Kosten von den Krankenkassen übernommen werden), sondern auch nicht sinnlos.

Nein, wer einmal an einer richtigen Grippe erkrankt ist, weiß sicher, wovon ich rede.

Und manch einer, der an einer Grippe erkrankte, kann nicht mehr darüber reden.

Die Zahl der jährlichen Todesfälle infolge von Grippeerkrankungen ist beeindruckend und liegt pro Saison bei weit über 1000.

Somit ist Grippe gefährlicher als Autofahren!

Ich lasse mich jedes Jahr im Herbst gegen Grippe impfen.

Oder Corona!

Geimpfte hatten zumindest überwiegend leichtere Krankheitsverläufe. Gestorben sind die, die vielleicht auch ohne Corona gestorben wären.

Aber die Basis meiner Widerstandskraft sind die Multi-Vitamin+Mineral-Pillen.

2. Kapitel:
Ist die Leber hart wie Stein, stellt sie bald ihre Arbeit ein!

In jener frühen Ära meines Lebens, als ich ein junger Familienvater war, in einem Amateurkabarett mitspielte und begann, Vitamin-Pillen zu schlucken, geschah es auch, dass ich glaubte, die Tätigkeit meiner Leber etwas unterstützen zu müssen.

So eine Leber hat schließlich auch nur ein Leben.

Und sie hat schon mit dem normalen Verdauungsprozessen genug zu tun. Der unentwegte, darüber hinaus gehende Kampf gegen fettes Essen und gegen den Alkohol kann eine Leber schnell überfordern.
Das weiß man!

"Die Leber ist das größte unserer inneren Organe. Sie funktioniert wie eine chemische Fabrik, die Stoffe ab-, um- und aufbaut", erklärt Professor Dr. Hubert Blum, ehemaliger Direktor der Abteilung Innere Medizin II vom Universitätsklinikum Freiburg.
"Beteiligt ist die Leber am Stoffwechsel von Fetten, Kohlenhydraten und Eiweißen. Gifti-

ge Stoffe kann der Organismus über die Leber ausscheiden. In dem Organ entstehen viele wichtige Bluteiweiße, beispielsweise die Gerinnungsfaktoren. Es stellt zudem die Gallensäuren zum Fettabbau zur Verfügung. Überschüssige Glukose speichert die Leber und stellt sie bei Bedarf wieder dem Körper bereit. Auch Vitamine und Spurenelemente wie Eisen, Kupfer, Zink und Mangan speichert unser Organismus in der Leber.

Als einziges Organ außer dem Herzen ist die Leber in zwei Blutkreisläufe eingebunden. Etwa 2.000 Liter Blut fließen pro Tag durch sie. Ihre vielen Aufgaben machen die Leber lebenswichtig – zu viel Alkohol und Fett schaden ihr. "

Prinzipiell kann man zwar sagen, dass das Leben an sich, irgendwann zum Tode führt, und ein Leben, gelebt nur nach den Prinzipien optimaler Gesundheitsförderlichkeit, dürfte dann vielleicht auch kein richtiges Leben mehr sein - zum Leben gehört einfach der Verschleiß! -, aber…
ja...was aber...?

Das ist mit dem Leben wie bei einem Auto-Motor: Immer mit Vollgas fahren, verkürzt die Laufzeit. Anderseits eben - immer nur im

Schritttempo dahinbummeln, macht keinen Spaß.

Man kann es sich in gewissem Umfang aussuchen - mehr Tempo und hoher Verschleiß, oder umgekehrt.

Sicher gab und gibt es in vielen Gesellschaften auf der Erde Lebensbedingungen, unter denen die Menschen kaum die Wahl haben, ihr individuelles Lebenstempo zu bestimmen. Wenn der existentielle Druck totale Selbstausbeutung erzwingt, braucht man über die Optimierung seines individuellen Tempos nicht nachzudenken.

Da hat man wahrscheinlich auch gar nicht die Zeit dazu.

Das ist zweifelsohne ein großes Glück für uns, die wir hier in Mitteleuropa und speziell in Deutschland - vergleichsweise - wie im Paradies leben, dass wir unser Leben weitestgehend individuell gestalten können.

Wenigstens in dem Bereich der Gesundheitsvorsorge.

Tiefschürfende soziologische Analysen möchte ich mir an dieser Stelle verkneifen.

Aber mal ganz grob: In Deutschland geht es allen sauwohl!

Allen - bis auf die, denen es nicht sauwohl geht, denen es aber anderswo noch viel schlechter gehen würde.

Ich hatte jedenfalls schon immer den Verdacht, dass es mir 'zu gut' geht.
Schon zu DDR-Zeiten!
Und da war ich beileibe nicht der einzige, dem es 'zu gut' ging.

Aber es liegt natürlich im Wesen der Menschen, sich schneller benachteiligt, als bevorteilt zu fühlen.
Und so gesehen, wenn ich vielleicht auch nicht der Allereinzigste war, dem es 'zu gut' ging, so gehörte ich doch zu einer gesellschaftlichen Minderheit, die sich dessen bewusst war.
Damals!
Aber eigentlich auch noch heute! Die Mehrheit fühlt sich meistens benachteiligt.

Damals war das 'Bevorteiltfühlen' bei mir vielleicht dem Umstand geschuldet, dass ich genießen konnte, was mir Spaß machte.
Der Mangel an Bananen und PKWs ärgerte mich zwar auch, aber ich interessierte mich mehr für Kunst und Geschichte, ich malte selbst, ich gehörte verschiedenen Volks-

kunstzirkeln an, ich war in einem Amateurkabarett, ich studierte dreimal - Geophysik,
Literatur und Philosophie -, wir wohnten in
einer Wohnung, die monatlich lächerliche
fünfundsiebzig Mark Miete kostete, unsere
Kinder gingen in Kinderbetreuungseinrich-
tungen bevor sie zur Schule kamen, und wir
wussten nicht, was Arbeitslosigkeit und
Konkurrenz bedeutet.
Essen und Trinken war jederzeit erschwing-
lich.
Und auch alkoholische Getränke waren niemals Mangelware. Irgendeinen Fusel gab es
immer!

Womit ich beim Problem bin - der leidige
Alkoholgenuss!
**Merke: Ich trank zu DDR-Zeiten nicht
aus Verzweiflung!**

Eher trank ich, weil es üblich war und zu jeder geselligen Runde dazugehörte. Ob privat
oder dienstlich.
Meine damalige Frau, die gern drastische
Ausdrücke verwendete, sagte: Du säufst zu
viel!
Sollte ich etwa abends beim Fernsehen Wasser trinken, oder Tee?

Anders, was den Alkoholgenuss im Dienst auf der Arbeit betraf:
Der Alkoholgenuss im Dienst hatte mehr geselligen Charakter und wirkte kollektivfestigend.

Motto: Man kann auch ohne Alkohol Spaß haben. Aber sicher ist sicher.

Ich arbeitete damals als Technologe in der Abteilung Produktionsvorbereitung eines Baubetriebs. Eine Arbeitswoche ohne ein freitägliches Feierabendschnäpschen war keine richtige Arbeitswoche! Einer der Kollegen - oder eben notfalls ich - kam immer auf die Idee, dass mal einer im nahegelegenen Konsum ein 'Rohr' holen könnte, um die Woche gebührend abzurunden.
'Rohr', das - Synonym für eine Schnapsflasche, 0,75 l.
Wenn mehr als drei Kollegen am Freitagnachmittag noch in der Abteilung zugegen waren, wurden zwei Rohre benötigt.

Nicht selten gingen wir auch an anderen Wochentagen nach getaner Arbeit auf ein Bierchen in die Kneipe. Ein gepflegter Skat war stets willkommen.

Nicht mehr richtig erinnern kann ich mich daran, ob meine damalige Frau froh war, wenn ich dann später als gewöhnlich nach Hause kam - und so richtig fröhlich war?

Wobei - auch meine damalige Frau trank gern ein Gläschen mit, wenn wir vor der Glotze saßen. Und es gab auch durchaus Abende, wo ich die Kinder hütete, während sie mit ihrer Brigade aus irgendeinem Anlass feiern musste - feuchtfröhlich!

Vor einigen Monaten hatten wir übrigens ein Treffen von uns alten Kollegen aus der Abteilung Produktionsvorbereitung, in der wir damals vor der Wende zusammen einige Jahre gemeinsam angestellt waren.

Es gab ein großes Hallo! Wir hatten uns viele Jahre nicht mehr gesehen. Es wurden die alten Storys aufgewärmt... wisst ihr noch... erinnert ihr euch noch... und der ist auch schon lange tot... und der ist zum dritten Mal geschieden...

Die große Verblüffung stellte sich dann ein...

- beim Bestellen der Getränke!

"Ich nehme bitte ein Wasser - still!"

"Ich auch ein Wasser - bitte spritzig!"

"Eine Apfelschorle groß!"

"Ein Radler!"

"Einen Kaffee Latte!"

"Bitte noch ein Wasser - medium!"

"Ich hätte gerne eine Weißweinschorle trocken!"

Ja - Wasser, Radler Schorrrrle... - alles so Zeug, was wir vor der Wende ums Verrecken nicht angerührt hätten!

Es hieß, dass wir in der DDR, gleich nach den Tschechen und Russen, den höchsten Prokopfverbrauch bei alkoholischen Getränken vorzuweisen hatten.

Das Thema 'Alkohol' war allgegenwärtig. Und man hatte durchaus heimlich die Angst, zum Alkoholiker werden zu können. Es gab Beispiele in der Umgebung!

Zwei Ereignisse waren es dann, die mich verstärkt in mich hineinhorchen ließen.

Sendete meine Leber womöglich schon bestimmte Notsignale?

Ab und zu hatte ich so einen diffusen leichten Druck und ein Zwicken unter dem rechten Rippenbogen verspürt. Musste ich reagieren?

Das zweite Ereignis war ärztlichem Übereifer geschuldet. Ich war bei einer Ärztin, einer Internistin, vorstellig geworden, um - wie gesagt - aus reiner Vorsicht prüfen zu lassen, ob mit meiner Leber noch alles okay ist.

Waren es dann die Blutwerte, die nicht stimmten, oder hatte sie beim Abtasten meines Bauches etwas Hartes ertastet... - jedenfalls überwies sie mich ins Krankenhaus zwecks Kontrolle meiner Leber durch eine Gewebeentnahme.

Drei Tage lag ich dann im Krankenhaus.

Es waren die einzigen Krankenhaustage bis dahin in meinem Leben - und blieben es bis zum Jahr 2020, als ich in einem einzigen Jahr fünf Operationen über mich ergehen ließ: Einmal Nabelbruch, zweimal Blasenkrebs, zweimal künstliche Hüftgelenke! Dazu an anderer Stelle mehr.

Und die drei Krankenhaus-Tage damals wegen der Leber waren eine interessante und aufrüttelnde Erfahrung.

Meine drei Zimmergenossen in der Klinik waren ausgesprochen gesprächig. Ich erfuhr in den drei Tagen von den Dingen der Welt mehr, als je vorher.

Glücklicherweise habe ich das alles schnell vergessen.

Was bei mir hängenblieb ist:

Der eine war Tischlermeister, der zweite Berufsschullehrer und der dritte FDJ-Kreissekretär in Flöha.

Alle drei waren notorische Alkoholiker. Sie gaben übereinstimmend an, dass ein richtiger Tag mit einer halben Flasche Wodka aus dem Kühlschrank beginnt.

Sie beklagten das zwar - in gleicher Übereinstimmung -, schienen allerdings noch nicht völlig sicher, ob sie ihre Gewohnheiten ändern sollten.

Beinahe schämte ich mich, in dieser Runde zugeben zu müssen, dass mein Alkoholkonsum bei maximal einer Flasche Wein lag - zuzüglich, wenn es hoch kam - ein zwei Schnäpschen vor dem Schlafengehen.

Bei einer Visite versprach der Oberarzt dem Tischlermeister, dass er gerne noch weitere drei Jahre so saufen könne, aber sich dann von seiner Leber verabschieden müsse.

Das Wort 'Leberzirrhose' fiel mehrfach.

Zu meinem Befund sagte er nicht viel und wünschte mir alles Gute. Er habe mich kürzlich im Kabarett gesehen und zweimal gelacht.

Meine Ärztin las mir dann, als ich nach dem Klinikaufenthalt bei ihr in der Sprechstunde war, aus dem Befund etwas von beginnender Fettleber vor.

Weniger Alkohol! - so waren ihre mahnenden Worte.

Den größeren Schock bekam ich, als mir zwei oder drei Jahre später wegen Trunkenheit am Steuer die Fahrerlaubnis entzogen worden war.

Mit zwei Komma zwei Promille war ich ertappt worden.

Erschwerend kam hinzu, dass ich versucht hatte, mich der Kontrolle der Polizei durch Flucht zu entziehen. Hohe Geldstrafe und ein Jahr lang ohne Fahrerlaubnis!

Um die Papiere wiederzubekommen, muss man schließlich die MPU - einen ärztlichen und einen psychologischen Test - über sich entgehen lassen. Der zweite Test trägt landläufig den Namen 'Idiotentest'.

Der ärztliche Teil des Testes macht sich hautsächlich an den Blutwerten fest. Wenn man es in den Monaten, in denen der Führerschein ruhte, geschafft hat, durch Alkoholverzicht die Blutwerte aufzupäppeln, war der Test bestanden. Das ist mir gelungen.

Ein befreundeter Arzt hatte mir dabei geholfen. Welche Tabletten er mir verschrieben hatte, um meine Werte verbessern zu helfen, weiß ich nicht mehr. Jedenfalls lag ich dann bei dem ärztlichen Teil des Testes im erforderlichen Spektrum.

Aber der andere Teil des Testes! Der psychologische Teil, der dem Test den Namen 'Idiotentest' verleiht! Dieser psychologische Teil ist die pure Gemeinheit!
Es ist Willkür pur!

"Die MPU ist eine Medizinisch-Psychologische Untersuchung (offizieller Fachterminus) zur Begutachtung der Fahreignung eines Kraftfahrers. Sie wird nach Verkehrsdelikten mit einer erheblichen Gefährdung sowie für möglicherweise geistig-psychisch und/oder körperlich nicht geeignete Personen angeordnet.
Aus dem letztgenannten Fall resultiert der volkstümliche Begriff 'Idiotentest', während das Gros aller MPU-Begutachtungen nach Alkoholdelikten, gefolgt von Drogendelikten und Raserei, angeordnet wird."

Da sitzt du einem Psychologen gegenüber, der mit dir vielleicht zwanzig Minuten plaudert. Dann fällt der sein Urteil.

In dem Gutachten über mich stand wortwört-
lich:
"Er wird wieder Alkohol trinken und ange-
trunken fahren."

Wie kann der nach zwanzig Minuten zu so
einem Urteil kommen? Unfassbar!
Und dazu hatte der auch noch Recht!

Um meine Fahrerlaubnis doch wieder zu bekommen, musste ich nun an einem dreimo-
natigen Lehrgang teilnehmen, der von einer
Psychologin geleitet wurde.
Es war so, wie man es im Fernsehen bei diversen Treffen der anonymen Alkoholiker
sieht.
Wir saßen jedes Mal im Kreis und erzählten
uns Storys aus der Kindheit.
Es war sehr interessant und kostete viel
Geld.

Im Ergebnis dieser Ereignisse hatte sich je-
denfalls meine Leber - als solche und ihre
Bedeutung für meine Verdauung und meine
Fahrerlaubnis - nachdrücklich in mein Be-
wusstsein hervorgehoben.
Mir war klar geworden:
Ich musste meiner Leber helfen. Ich durfte
sie nicht mehr länger nur drangsalieren!

Und da kam ich zufällig an einer Apotheke vorbei, wo mir - auch rein zufällig - eine Werbung ins Auge fiel:
"Sei kein Streber, tu was für Deine Leber - Hepabesch!"

'Hepabesch': Aktiver Wirkstoff: Mariendistelfrüchte-Trockenextrakt; Auszugsmittel: Aceton ; Silymarin
Darreichungsform: Kapseln
Die Mariendistel ist eine schon seit dem Mittelalter bekannte Kulturpflanze, die wegen ihrer Heilwirkung bei Verdauungsbeschwerden und ihrer leberschützenden Eigenschaften verwendet wird."

Von 'Hepabesch', das als Medikament gilt, bin ich später aus Kostengründen abgekommen.
Ich wechselte in den letzten Jahren grob quartalsweise von Mariendistel, zu Artischocke und zu Teufelskralle. Immer im Pillenformat - wie es sich gehört!

Zurzeit pflege ich meine Leber vorwiegend mit 'Cholin'- und 'Artischocken-Kapseln'. Flankierend nehme ich gelegentlich die altbewährten 'Mariendistel-Kapseln'.

Meine Leberwerte, die bei gelegentlichen Blutentnahmen unter vielen anderen Werten auftauchen und auch in Augenschein genommen werden, sind nie alarmierend.

Der Druck und das Zwicken unter dem rechten Rippenbogen haben sich schon lange nicht mehr - oder nur ganz ganz selten - bemerkbar gemacht.

Dabei hat sich mein Alkoholkonsum in den letzten rund dreißig Jahren nicht wesentlich geändert.

Nebenbei:

Um mir selber zu beweisen, dass ich kein Alkoholiker bin, habe ich voriges Jahr mal ein halbes Jahr gar keinen Alkohol zu mir genommen. Null!

Das war völlig problemlos.

Genauso in dem Jahr, als ich Antibiotika nehmen musste, weil mich eine Zecke mit Borreliose infiziert hatte, und in der Zeit keinen Alkohol trinken durfte.

Problemlos!

Aber auch nutzlos.

Weder habe ich durch den Alkoholverzicht abgenommen, noch habe ich Geld gespart.

Alkoholfreie Getränke sind nicht billiger, als alkoholische.

Abgesehen von Leitungswasser.

Aber soweit wollte ich es dann doch nicht kommen lassen. Schließlich soll Trinken auch schmecken!

Noch eine Anmerkung zur Frage - Alkoholkrankheit:

Ich meine - Alkoholismus ist keine Krankheit!

Sie wird weder von Viren noch von Bakterien oder sonst welchen Krankheitserregern hervorgerufen. Er entsteht auch nicht infolge von genetischer Veranlagung, Schwangerschaft oder Haarausfall.

Alkoholismus ist eine Sucht, wie andere Süchte, die durch permanente Überdosierung entstehen!

Fresssucht, Sexsucht, Kaufsucht...

Der Mensch, der Alkoholiker werden möchte, muss dafür allerdings ein gerüttelt Maß an Durst mitbringen.

Er muss viel Energie und Geld darauf verwenden. Und er muss einen langen Atem haben.

Dass die Behandlung der Folgen des Alkoholismus und die Betreuung der Alkoholiker von der Krankenkasse bezahlt werden, ist eigentlich nicht zu begreifen.

Die verbreitete Meinung, dass manche Menschen eine Veranlagung dazu haben, alkoholkrank werden zu können und andere nicht, ähnlich wie manche eine genetische Präpositionierung für die Homosexualität besitzen und andere nicht, lehne ich ab.

Jeder, der guten Willens ist, kann ein rechtschaffender Alkoholiker werden!

Wichtig, glaube ich, ist eben dabei, dass eine permanente Überschreitung einer individuellen Promillegrenze stattfindet. Täglicher Alkoholgenuss, der nicht zu einer Überschreitung der individuellen Promillegrenze führt, kann nicht zum Erfolg führen!

Die individuelle Promillegrenze ist wahrscheinlich abhängig vom Body-Mass-Index (BMI).
Es liegt an der medizinischen Wissenschaft, hier genaue Tabellen vorzulegen. Nach meiner Erfahrung liegt die individuelle Promillegrenze für Männer meiner Gewichtsklasse bei ca. 1,2 Promille. Gelegentliche Über-

schreitungen sind wenig hilfreich, um einen ausgeprägten Alkoholismus anzusteuern.

Ich müsste bei meinem Körpervolumen vermutlich, um mich der Alkoholkrankheit nähern zu können, täglich diese Grenze von 1,2 Promille wesentlich überschreiten. Solange ich langfristig unter diesem Wert bleibe, wird es nix mit dem Alkoholismus.

Und zur Pflege meiner Leber helfen mir meine Pillen.

Die häufigen Hinweise meiner Frau, dass ich mir die Leberpillen gänzlich sparen könnte, wenn ich meinen Alkoholgenuss einschränken würde, sind übrigens völliger Nonsens!

Um den Alkoholkonsum einzuschränken, müsste ich das ja zuerst einmal wollen.

Und, um das zu wollen, fehlt mir der Wille!

3. Kapitel:
Wenn ich mich verrenke,
knarren die Gelenke!

Ich bin mir nicht mehr bewusst, wann ich die ersten Verschleißerscheinungen meines Körpers registriert und als "altersbedingt" eingeordnet habe.

Lange herrschte bei mir ganz unbewusst der weitverbreitete Optimismus vor, dass man eben mal irgendwelche Beschwerden hat, die entweder von selber wieder wegegehen, oder mittels medizinischer Hilfe behoben werden können.

Der erste nachhaltige Schock, den ich erlitt, war dem etappenweisen Verlust einiger Zähne geschuldet.

Nachdem meine Zahnärztin die rebellierenden Zähne extrahiert hatte, war mir schnell klar, dass die nicht nachwachsen würden.

Der zweite nachdrückliche Hinweis auf die allgemeine Vergänglichkeit meines Körpers war der Rückgang der Behaarung auf dem Kopf.

Die ersatzweise Verstärkung des Haarwuchses auf der Brust und in der Nase, konnte mich nicht trösten.

Und noch bevor sich die Sehkraft meiner Augen verminderte, trat ein anderes Symptom für den unaufhaltsamen Verfall biologischer Systeme völlig unerwartet bei mir auf. Es hängt mit meinem Körperbau zusammen.

Ich glaubte nämlich eigentlich, einen durch intensiven Sport gestählten und durchtrainierten Körper zu besitzen. Als Kind war ich Leistungsturner. Breite Schultern, schmale Hüfte, pralle Muskeln an Armen und Beinen...

Ich war stolz auf meinen Körper und gab gelegentlich - nicht zuletzt im Freibad! - auch damit ein bisschen an. Und plötzlich streikte das Kreuz! Und wie!

"Ein Überstrecken des Oberkörpers, also eine Knickbewegung nach hinten (medizinisch: Hyperlordosierung) belastet die Wirbelsäule. Wiederholte starke Überstreckungsbewegungen können mit der Zeit die Struktur bestimmter Wirbel und Zwischenwirbelgelenke verändern – und so auf lange Sicht zum Wirbelgleiten führen.

Gefährdet sind vor allem Kinder und Jugendliche, die Leistungssport in Disziplinen wie Geräteturnen, Trampolinspringen ... betreiben."

(https://www.apotheken-umschau.de/Spondylolisthesis)

Es ist ja mittlerweile kein Geheimnis mehr, dass die Sportförderung in der ehemaligen DDR kein rein humaner Akt zur Beförderung der allseits gebildeten sozialistischen Persönlichkeit gewesen ist. Die sportlichen Erfolge, die die kleine DDR international erzielen konnte, brachten auch Anerkennung und Prestige für die Staats- und Parteiführung.

Anderseits war diese Sportförderung keineswegs erbarmungsloser Drill und keine gnadenlose Ausbeutung, aber es war ein ausgeklügeltes System, die besten Talente frühzeitig zu finden, und dann gezielt auszubilden.

Viele Länder des modernen Westens versuchen diese Erfahrungen heutzutage in solchen profitablen Sportarten wie Fußball oder Prostitution nachzunutzen.

Mir persönlich hatte die sportliche Ausbildung solange Spaß gemacht, solange ich erfolgreich war. Auch bei täglichem Training kannte ich keine Ermüdung.

Aber als ich nicht mehr mit den Besten in der Trainingsgruppe und bei Wettkämpfen mithalten konnte, verlor ich die Lust an der Sache. Training wurde zur Quälerei. Aber nicht, weil mich plötzlich wer quälte, sondern weil es mir keinen Spaß mehr machte.

Sicher hätte ich das irgendjemand sagen können... - vielleicht meinen Eltern?- ... aber auf so eine Idee hätte ich als 13... 14-jähriger erstmal kommen müssen. Meine Eltern waren die letzten, die ich ins Vertrauen gezogen hätte.

Nein - ich war doch so stolz gewesen, auf die Sportschule gehen zu dürfen... bei Wettkämpfen Medaillen zu gewinnen... - ich konnte doch nicht zugeben, dass ich plötzlich keinen Bock mehr hatte auf den Gewinn einer Olympiamedaille.

Mein Trainer begriff wahrscheinlich nach einiger Zeit die Sachlage... - oder schlussfolgerte aus meinem mangelnden Einsatzwillen beim Training, dass ich an einer normalen Schule forthin besser aufgehoben wäre.

So kam ich Ende der achten Klasse auf die Erweiterte Oberschule, oder Gymnasium, wie es heute bereits ab fünfte Klasse heißt, und war dann dort mit Abstand der Beste im Fach "Sport".

Immer, wenn es in meinem weiteren Leben irgendwann um Sport ging, gehörte ich zu den Besten. Während des Studiums spielte ich in der Volleyballmannschaft der Fakultät. Bei der vormilitärischen Ausbildung im Lager der GST - Gesellschaft für Sport und Technik - legte ich mit einhundertfünf Liegestützen einen "GST-internen Weltrekord" hin. Bei den Betriebssportfesten des Baukombinates, in dem ich nach dem Studium als Ingenieur angestellt war, gehörte ich zu den Besten beim Turnwettstreit und beim Gewichtheben. Meine Aufgaben als Technologe erledigte ich mit weniger Erfolg und Anerkennung.

Und plötzlich...

... ich war vielleicht Dreißig... plötzlich rebellierte mein Kreuz... - also, genauer gesagt, meine Lendenwirbelsäule!

Waren es die Spätfolgen meiner leistungssportlichen Karriere als Kind?

Wenn ich länger in einer Schlange stehen musste... in der Kaufhalle, oder vorm Bankschalter... oder bei Besuchen in Museen und Ausstellungen... es zog mich vor Schmerz förmlich krumm.

Besonders schmerzerregend waren die - speziell im Urlaub - so beliebten ausgedehnten Stadtbummel inklusive Schaufenstergucken mit der ganzen Familie, was man heutzutage vielleicht als 'Shopping' bezeichnet.

Bei historischen Sehenswürdigkeiten und Kirchen war es aber nicht viel besser - nur wenige Sekunden des Herumstehens reichten aus!

Ein kurzes in die Hocke gehen und sich wie ein Igel zusammenkugeln, half nur kurzzeitig.

Ich vermute, dass ich damals von meinem Arzt auch ein paar Tabletten verschrieben bekam, die kurzfristige Linderung brachten:

"In der Behandlung stärkerer akuter Rückenschmerzen haben sich sogenannte „Nichtsteroidale Antirheumatika", abgekürzt NSARs, bewährt. Das sind Acetylsalicylsäure und ihre Abkömmlinge wie Diclophenac, Ibuprofen oder Naproxen."
(https://schmerzliga.de/rueckenschmerzen.html)

Aber wichtiger war, dass in mir die Erkenntnis wuchs, dem allgemeinen Verfall und Verschleiß meines Körpers, sowie dessen gelenkbelastenden Wachstums - speziell im Bauchbereich - etwas entgegensetzen zu müssen. Ich durfte nicht länger tatenlos zuschauen, wie ich zum 'Wampier' wurde.

Der Begriff 'Wampier' ist eine Eigenschöpfung und hat nichts mit den blutsaugenden Vampiren gemein, sondern leitet sich aus Kombination von Wampe und Bier ab - 'Wampier'!

Es wuchs jedenfalls in mir zunehmend der Wille, mich wieder mehr sportlich zu bewegen und vernünftiger zu ernähren. Einschließlich flüssiger Nahrung.
Der Wille allein nützt aber auch noch nichts.

Die Knochen sind steif - das Fleisch ist schwach.

Die Phase der Willensumsetzung in regelmäßige Praxis dauerte mehrere Jahre.
Es gab bei mir verschiedene Phasen:

- **die 'shogging-Phase'**, die mit erheblichen Knieproblemen endete,
- dann kam **'walking'**, dann **'swimming'**, dann **'biking'**, dann **'gymnastics'**...

Und in unterschiedlicher Dosierung und mit wechselnder Intensität waren diese Phasen - außer 'shogging' - letztlich über viele Jahre hinweg bei mir doch zur guten Gewohnheit geworden. Wenn ich Zeit übrighatte, ver-

brachte ich die besonders gerne im Wasser -
einschließlich Wassergymnastik - oder auf
dem Fahrrad.

Es ist letztlich eine Binsenweisheit, dass für
alle Probleme, die Mann oder Frau mit dem
Bewegungsapparat des menschlichen Körpers haben kann, nur die Bewegung dessel-
ben wirklich hilfreich ist.

**Nur wenn man sich bewegt, bleibt man
beweglich!**

Oder wie meine Oma sagte:

Wer rastet, der hustet!

Nur durch Bewegung erhalten Gelenke und
Wirbelsäule genügend Schmier- und Nah-
rungsmittel, um schmerzfrei funktionieren zu
können.

Das kann man überall in einschlägigen Arti-
keln der medizinischen Presse nachlesen.
Das weiß jeder Arzt.

*"Langes Sitzen, schlechte Haltung und fal-
sche Belastungen machen sich auf Dauer
schmerzhaft bemerkbar: Drei Viertel der
Deutschen klagen über gelegentliche Rückenschmerzen. Bei acht Millionen Menschen sind sie bereits chronisch. Gezielte,
aktive Bewegung ist oft der wirksamste Weg,*

Rückenschmerzen vorzubeugen oder zu lindern", rät Ute Repschläger vom Bundesverband selbstständiger Physiotherapeuten.

"Mit dem Motto Muskeln stärken – Schmerzen lindern können Betroffene den Teufelskreis Rückenschmerz durchbrechen, der oft durch eine falsche Schonhaltung auftritt", so Dr. Dietmar Krause vom Forum Schmerz.

"Meist reichen Bewegung, Physiotherapie und leichte Schmerzmittel aus, um die Beschwerden zu beseitigen."

Mehr zum Thema - siehe:

(https://www.gesundheit.de/fitness/fitness-uebungen/rueckenuebungen/10-tipps-gegen-rueckenschmerzen-ohne-bewegung-geht-es-nicht)

Aber was Ärzte nicht wissen, oder oft nicht wissen wollen... - was kann man tun, außer Bewegung, außer Schmerztabletten, außer Operationen und außer Einsatz von Prothesen?

Klar! Pillen fressen!
Als flankierende Maßnahme zu vorbeugenden Bewegungstherapien habe ich mir in den

letzten dreißig Jahren die Welt der gelenkfreundlichen Pillen erschlossen.

Zugegeben - es ist ein Dschungel!

https://gelenkexperten.com/arthrose-und-arthritis-
nahrungsergaenzungen-im-test

Mein mich behandelnder Arzt - Dr.med. Soundso / Facharzt für Orthopädie - zeigte sich,
als ich mit ihm abstimmen wollte, welche
Pillen ich wohl am besten schlucken könnte,
um meinen von Arthrose befallenen Hüftge-
lenken zu helfen, nicht bereit, darüber mit
mir zu reden.

Er sagte: "Lassen Sie den Blödsinn!"

Er empfahl mir für die akute Hüfte eine Ei-
genbluttherapie, die immerhin 140,- € kostete. Die Krankenkasse gab nichts dazu. Ob es
was brachte, ist genauso fraglich, wie bei
meinen Pillen.

Allerdings - die Pillen sind auf Dauer wesentlich teurer.

Das wichtigste Resultat der ärztlichen Bera-
tung war sicherlich, dass ich nun schon seit
vielen Jahren - Anfangs auf Basis einer
REHA-Bescheinigung - bei einem Sportver-
ein in der REHA-Gymnastikgruppe wö-

chentlich einmal aktiv meine Gelenke verrenke.

Außerdem nehme ich mindestens einmal
wöchentlich an einer Wassergymnastik teil.
Entweder in Bad Düben oder in Warmbad.
Leider bieten nicht alle Bäder und Thermen,
als Service für die Gäste, solche kostenlosen
Gymnastikkurse an. Mittlerweile bin zahlen-
des Mitglied eines REHA-Sportvereins, wo
ich an Wasser- und Trockengymnastik regelmäßig teilnehmen kann.
Der Aufwand für die Teilnahme ist übrigens
für mich ziemlich hoch. Das Bad liegt gut
zwanzig Kilometer entfernt. Ich möchte die
Fahrkilometer lieber nicht auflisten!

Auf der anderen Seite steht jedoch der Erfolg! Und der Erfolg ist die Tatsache, dass
ich viele Jahre nicht unters Messer musste
und mich ohne fremde Hilfe und technische
Hilfsmittel im Leben und auf der Bühne um-
tun konnte.

Richtig ernst wurde es dann schließlich, als
ich - wie immer aus heiterem Himmel - ein
Problem im rechten Fuß verzeichnen musste.
Ein nervenzerreißendes Kribbeln im Bereich
des Gelenkes des großen Zehs!

Wie wenn tausend Ameisen wimmeln und gelegentlich ein bisschen am Knochen knabbern.

Das Kribbeln war nicht immer präsent, aber wenn es kam, dann nachts. An Schlaf war dann nicht mehr zu denken. Ganz speziell in jenen Nächten nicht, als das Kribbeln noch ganz neu war. Später gelang es mir manchmal, das Kribbeln soweit zu ignorieren, dass ich einschlief.

Irgendwie - dachte ich mir - könnte das Kribbeln mit der Wirbelsäule und irgendwelchen Reizungen der Nervenstränge zusammenhängen. Ich recherchierte im Internet auf diversen Seiten zum Thema 'Kribbeln'.

Neben dem berühmten 'Kribbeln im Bauch', das uns die Sängerin Pe Werner beschrieben hat -

Dieses Kribbeln im Bauch
das man nie mehr vergisst
als ob da im Magen der Teufel los ist
dieses Kribbeln im Bauch kennst du doch auch...

kann es überall und an allen Stellen des menschlichen Körpers kribbeln.

Als Schlagertext würde sich aber 'Kribbeln im Fuß' nicht so sehr eignen. Wobei...

Dieses Kribbeln im Fuß
das man nie mehr vergisst
als ob da im Ballen der Teufel los ist
dieses Kribbeln im Fuß ist wie ein Gruß…

Pardon!
Bleiben wir bei dem Kribbeln im Fuß!

Das Internet gab nicht viel her. Aber wie weiter?
Nun wusste ich, dass mein Vater infolge eines Problems mit seiner Wirbelsäule am Ende seine Beine nicht mehr bewegen konnte. Seine Wirbelsäule war dort, wo sie auf dem Becken aufsitzt, irgendwie abgerutscht und hatte die Nerven gequetscht. Oder so ähnlich. Von Kribbeln im Fuß hatte er aber nie etwas verlauten lassen.

Ich fürchtete jedenfalls, dieses Rutschproblem - Mediziner reden von Gleitwirbel - womöglich geerbt zu haben. Das Kribbeln bei mir als Vorbote schwerwiegender Behinderungen!

Interessant nebenbei:
Ich lebe die Hälfte der Woche in Chemnitz, die andere in Leipzig. Das Kribbeln kam immer nur in Leipzig.
Ich vermute, der Luftdruckunterschied liefert hier die Erklärung: Dreihundert Meter Höhenunterschied immerhin! Die Belastung des gesamten Skelettes ist also in Chemnitz um einige 'bar' geringer!

Weder meine Hausärztin noch mein Facharzt für Orthopädie wollten mit mir darüber ausführlich diskutieren. Auch im Internet fand ich leider keine entsprechenden Hinweise zur Frage des Zusammenhanges zwischen Luftdruck und Fußkribbeln.

Aber zum Kribbeln im Fuß komme ich nochmal im nächsten Kapitel zurück.

Hier nur soweit zum Thema 'Kribbeln', als dass meine Hausärztin sich für dieses Themenfeld als nicht kompetent erklärte, und mich an den Orthopädie-Arzt verwies.

Bei dem war ich aber schon gewesen.
Er hatte sich zwar geduldig angehört, dass es mir ab und an im Fuß kribbelt, aber konnte mir da augenscheinlich nicht helfen.

Vorsorglich, weil ich etwas von einer eventuellen erblichen Vorbelastung erzählte hatte - mein Vater hatte infolge eines Gleitwirbels seine beine nicht mehr bewegen können -, schickte er mich zum Röntgen.

So kam es, dass er mir nach Ansicht der Röntgen-Aufnahmen bestätigen konnte, nach meinem Vater zu kommen. Auch meine Wirbelsäule zeigte die fatale Neigung zum Gleiten.

Ein Rutsch-Kreuz!

Notfalls könne man das operativ versteifen, aber vorerst sollten wir versuchen, die Muskulatur aufzubauen, die die Wirbelsäule vorm Gleiten bewahren könne.

Das Kribbel-Problem blieb ungelöst.

So begann ich also, was ich schon erwähnte, in die **'walking'**-Phase einzuschwenken. Neben REHA-Gymnastik, Wassergymnastik, Schwimmen - nun neu in meinem Repertoire - Walking!

Ich hatte mich früher oft genug über diese 'Walker' amüsiert: Rennen mit Skistöcken rum - und weit und breit nicht eine Schneeflocke zu sehen!

Anfangs kam ich mir auch ein bisschen dämlich vor, wenn ich mit diesen Stöcken durch die Gegend walkte, aber bald hatte ich mich gewöhnt - auch an die spöttischen Minen der Leute! - und walkte mit Begeisterung. Es tat mir so was von gut! Und nicht nur für das Kreuz.

In einem Urlaub in Italien wohnten wir in einer Bungalowsiedlung, von der aus vier oder fünf Walking-Pfade rings in die Gegend führten. Ich walkte sie alle mehrfach vorwärts und rückwärts ab - und das auch bei Temperaturen von fast vierzig Grad und mittäglicher Sonnenglut!

Ich fühlte mich bald fit wie der berühmte Turnschuh!

Und dann kam der hinterlistige Schlag ins Kontor!

Das Jahr nachdem ich - gefühlt - halb Italien abgewalkt hatte, waren wir im Urlaub in Kleinarl im Salzburger Land. Nun wollte ich Österreich abwalken!

Aber am zweiten Tag war Sense damit!

Ein plötzlich aufgetauchter Schmerz im Lendenbereich, der bei jeder intensiven Bewegung wiederkehrte, zwang mich, die Stöcke in die Ecke zu legen. Ich konnte kaum noch kriechen.

Bei Recherchen im Internet kam ich nach den Symptomen auf eine Schleimbeutelentzündung.

Zurück in der Heimat ging ich natürlich sofort zu meinem Facharzt für Orthopädie.

Der verkündete mir - nachdem er mich wieder hatte röntgen lassen - dass ich eine Arthrose in der Hüfte im letzten und schwersten Stadium habe.

Natürlich war die Arthrose beidseitig, aber akute Schmerzen hatte ich besonders in der linken Hüfte. Schluss mit dem Hochleistungs-Walking!

Wenn, dann nur noch ganz soft!

Für die angegriffenen Hüftgelenke wären Schwimmen und Fahrradfahren, bei denen die Gelenke weitestgehend unbelastet sind, günstiger. Dazu die REHA-Gymnastik.

Alles in allem - meine berufliche Betätigung als Kabarettist war akut gefährdet. Ich hatte schon seit längerem durch mein erwähntes Rutsch-Kreuz Schwierigkeiten, zwei Stunden lang auf der Bühne zu stehen. Hinzu kam meistens, weil ich seit vier Jahren nur noch als Solist auf der Bühne stehe, dass ich vor den Auftritten meine Licht- und Tontechnik alleine aufbauen muss.

Sicher war und ist der Umfang meiner Technikutensilien (der Fachmann sagt Equipment!) nicht eben groß - nicht zu vergleichen mit dem Equipment einer Rock-Band! -, aber eben immerhin. Alles aus dem Auto herbeischleppen, Treppen hoch, Treppen runter, durch dunkle Gänge, auf die Bühne und zurück.

Auch bewegungsreiche Belastungen belasten schließlich Kreuz und Hüften und andere Körperteile. Manchmal war ich schon vor der Kabarett-Vorstellung ziemlich am Boden.

Gut! Ab und an gibt es für mich auch solche gelenkschonenden Luxusauftritte wie kürzlich wiedermal in der Stadthalle Chemnitz. Eine Unterhaltungs-Show mit vielen verschiedenen Künstlern. Moderation Dorit Gäbler. Tänzer, Sänger, als Stargast Dirk Michaelis mit dem Lied "Als ich fort-ging", ein Zauberer... und ich als Kabarettist!

Licht- und Tontechnik standen einschließlich entsprechender Techniker reichlich zur Verfügung. Außer Soundcheck und Beleuchtungsprobe... - für mich kein körperlich belastender Aufwand!

In der Garderobe eine Liege zum Ausruhen und ein Teller mit vitaminreichem Obst und belegten Brötchen.

Dann raus auf die Bühne!

Fünfzehn Minuten abliefern! Tosendes Lachen von über tausend Leuten!

Mehr Beifall, als ich, hatte kein anderer!

Alles sehr arthrosefreundlich! Kein Anlass für mein Rutsch-Kreuz, zu rebellieren!

Solche Veranstaltungen würde ich auch im Rollstuhl erledigen können!

Aber solche Luxusveranstaltungen sind eben selten. Die Regel sind die Veranstaltungen, wo ich für fast alles alleine zu sorgen habe.

Vorher und hinterher! Und zwischendurch - knapp zwei schlappe Stunden Kabarett!

Rutsch-Kreuz, Arthrose und andere altersbedingte Wehwehchen - Müdigkeit, Gedächtnisprobleme... etc. - schienen mich jedenfalls zwingen zu wollen, meine künstlerische Karriere zu beenden.

Mein Arzt machte mir wenig Hoffnung, dass sich das noch einmal grundsätzlich ändern könnte.

Sollte ich wirklich aufgeben?

Gerade seit ich durch den Ausfall meiner früheren Partner gezwungen worden war, als Solist aufzutreten, war ich erfolgreicher denn je. Der direkte Dialog mit dem Publikum, zu dem man als Solist förmlich gezwungen ist, zwingt nämlich anderseits das Publikum zum intensiven Zuhören und Reagieren.
Wenn da zwei oder mehrere Darsteller auf der Bühne mit einander reden und streiten - eben herumschauspielern - schaut man als Publikum zu und kann sich da leicht heraushalten. Da gibt es die sogenannte 'dritte Wand', hinter der sich das Publikum verbergen kann. Wenn man als Solist mit dem Publikum in indirekten oder teilweise sogar direkten Dialog tritt, wird diese dritte Wand eingerissen. Das dürfte der Schlüssel für den Erfolg meiner Solo-Programme sein.
Und - vielleicht kommen auch Altersweisheit und Routine dazu.

Jedenfalls - wo's grade gut lief, sollte ich aufhören? Denkste!

Aus der Not werden viele gute Ideen geboren!

Ich gebar die Idee, mich als Kabarettist, der ich immer als eine Art von Hausmeister in blauem Arbeitskittel und Schirmmütze auftrete, mit einem Besen auszustatten, auf den ich mich stützen könnte. Das klappte hervorragend. Der Besen passte zu meiner Bühnenrolle und half mir, meine Knochen und Gelenken auf der Bühne zu stützen und zu bewegen.

Seit ich am Stiel des Besens eine Flaschenhalterung, wie man sie bei Radrennfahrern für die Trinkflaschen kennt, angebracht habe, und sich darin immer eine Bierflasche befindet, ist der Besen zu einem Markenzeichen für mich geworden.

Nur noch echt mit Besen und Bier!

Diese sehr praktische Maßnahme mit dem Besen - als verkappte Krücke! - flankierte also erfolgreich meine sonstigen Bemühungen.

Ich verstärkte meine Ernährung mit gelenkfreundlichen Pillen. Einige der Pillenhersteller versprachen sogar Knorpelneubildung!
Im Internet gab es für und wider.
Ich musste mir selbst eine Meinung bilden.
Probieren geht über kapieren!

Außerhalb und unabhängig von ärztlicher Verordnung - suchte ich entsprechende Pillen gegen Arthrose.

Wie schon anfangs erwähnt, kam ich schnell auf zeitweise bis zu sechs verschiedene Sorten von Gelenkpillen.

Nacheinander ließ ich dann mal das eine Produkt, mal das andere über ein paar Monate weg und horchte in mich hinein.

Nicht immer waren die Signale laut und deutlich, aber irgendwie spürte ich schon, ob sich das Weglassen gut oder nicht gut für meine Gelenke auswirkte.

Winzige Veränderungen!

Betonung aber nochmal - man muss sich Zeit lassen. Die Wirkstoffe der Pillen brauchen Monate, um wirklich merkbare Änderungen herbeiführen zu können!

Dann kristallisierten sich drei Sorten Pillen heraus, deren Wirkstoffe sich - wie ich glaube - dezent ergänzten und eine positive Wirkung auf meine Hüftgelenke hatten.

"1. Weihrauch:
Der einzigartige Weihrauch 3-fach Komplex enthält das Beste aus Weihrauch: Die 3 bio-aktiven Acetyl-Boswellia-Säuren AKBA 3-Acetyl-11-keto-β-Boswellia-Säure, 3-Acetyl-

ß-Boswellia-Säure und 3-Acetyl-a-Boswellia-Säure.

Optimal ist die Synergie der bioaktivsten Boswellia-Säure AKBA im Verbund mit den zwei ebenfalls bioaktiven anderen Acetyl-Boswellia-Säuren.

2. Mega-Rot arthro N
enthält exklusiv den innovativen und ge-schützten Gelenksynergie-Naturkomplex MD FlexPro – mit der kraftvollen Synergie der besten Aktivstoffe für Ihre Gelenke:
MPO: Marines Phospholipid Omega-3 aus antarktischem Krillöl, der weltweit reinsten Quelle: Studien belegen die herausragenden Eigenschaften für die Gelenke.[1]
Xanthin360® Vollspektrum-Astaxanthin: Das kraftvolle Karotinoid, für Mega-Rot arthro N gewonnen aus der weltweit besten natürlichen Quelle der Alge Haematococcus pluvialis.[2] Das Geheimnis von Xanthin360 Vollspektrum-Astaxanthin liegt im perfekten Zusammenspiel der enthaltenen kraftvollen Karotinoide – ein Synergieteam aus Astaxa-nthin, Lutein, Zeaxanthin und weiteren wich-tigen Karotinoiden. Dieser unbezwingbare Verbund fungiert als Sicherheits-Netz mit doppeltem Boden für Ihren Körper. Astaxa-

nthin steht als Schnellster an vorderster Stelle, während das Sicherheitsnetz der restlichen Karotinoide in zweiter Linie der Verteidigung parat steht. Wie auf der Skipiste sind so mehrere Fangzäune hinter-einander geschaltet, dass Ihren Zellen keinesfalls etwas passieren kann.

MAXluron® Hyaluron: Der wichtigste Bestandteil der natürlichen Gelenkschmiere zeichnet sich in Mega-Rot arthro N im Gegensatz zu marktgängigem Hyaluron durch ein optimales, niedriges Molekulargewicht in konzentrierter Form aus. In Pharma-Qualität, so wie es auch für Injektionen genutzt wird.

Mega-Rot arthro N enthält exklusiv den innovativen und geschützten Gelenksynergie-Naturkomplex MD FlexPro – mit der kraftvollen Synergie der besten Aktivstoffe für Ihre Gelenke.

3. Ultra Gelenkkraft

Nur Ultra Gelenk-Kraft Pro N bietet Ihnen die einzigartige Naturformel mit patentiertem BioCell Collagen®, die synergistische Aktivstoff-Matrix mit natürlich vorkommendem, hydrolisiertem Kollagen, Hyaluron und Chondroitin. Diese innovative Matrix zeichnet sich durch eine alles überragende

*Bioverfügbarkeit aus, die marktgängige Kol-
lagen- und Hyaluron-Mittel bei weitem über-
trifft.
Quercetin, ein Aktivstoff aus der Gruppe der
Polyphenole, sorgt wie ein zusätzlicher Tur-
bo dafür, dass die Naturstoffe noch besser
von Magen und Darm aufgenommen werden
und so schneller ins Blut gelangen können.
Die Phospholipide (Lecithin) beschleunigen
wie ein Nährstoff-Taxi den Transport zu den
Zellen in Ihrem Körper. Phytin wehrt die
schädlichen Angriffe von außen ab."*

Nach langen und aufreibenden Kämpfen gegen die Arthrose und gegen das Rutsch-
Kreuz - mit den Pillen und allen Bewe-
gungseinheiten zu Wasser und zu Lande -
gab es zwei drei Jahre eine lange Phase, in
der ich meine Kabarettauftritte - auch die
weniger luxuriösen! - fast ohne Probleme
bewältigte und überhaupt schmerzfrei über
den Tag und durch die Nächte kam.
Die vier Säulen meines Wohlbefindens waren - um es nochmal zusammenzufassen:

- Gymnastik, Schwimmen, Fahrradfahren
- Besen mit Trinkflasche auf der Bühne
- Nahrungsergänzungsmittel

- gebremste Gewichtszunahme bis leichte Reduzierung durch gesunde Ernährung

Was die vierte Säule betrifft - die gesunde Ernährung - ... sicherlich auch ein weites Feld zur Selbstbetätigung!
Meine damalige Frau beispielsweise vergnügt sich oft mit irgendwelchen Diäten.

"Aber wie wählt man in diesem Dschungel aus Low-Carb, Low-Fat, Paleo und Detox eigentlich eine Diät aus? Eine kleine Entscheidungshilfe könnte es ja vielleicht sein, zu wissen, welche Diäten besonders beliebt sind und häufig ausprobiert werden. Um das herauszufinden, hat das Portal meinbauch.net 158 verschiedene Diäten anhand der Anzahl ihrer Hashtags analysiert. Nun wissen wir, welche Diäten in Deutschland am beliebtesten sind."

(www.wunderweib.de/das-sind-die-beliebtesten-diaeten-deutschlands-102103.html)

Meinen diesbezüglichen Erfahrungsschatz hier auszubreiten, ist nicht möglich.
Das erfordert ein gesondertes Buch.
Mit sieben Siegeln!

Aber eines sei gesagt:
Von der Trennkostdiät muss ich unbedingt abraten. Ich musste im Wohnzimmer essen, meine Frau in der Küche. Das hat gar nichts gebracht!

Nein, Spaß beiseite! Bei der Ernährung muss jeder seinen individuellen Weg finden! Wie bei den Pillen! Ganz ernsthaft!

Leider gab es dann bei mir an der Gelenkefront - nach erbittertem Stellungskrieg und Grabenkämpfen - zur Kapitulation.

Aber vorher noch ein kurzes Geplänkel:
Ich weiß nicht, ob mich eine Hexe geschossen hatte, oder ein Jäger, oder war es nur ein Wilderer... - plötzlich kam ich nicht mehr aus dem Knick!
Vielleicht war es nur ein kleiner Bandscheibenvorfall, aber er ging mit einem bohrenden Schmerz einher, der sich von der Wirbelsäule über die Hüfte, außen am Bein entlang bis hinunter zur Wade
zog.
Richtig - es war der Ischiasnerv!

"Wenn es schmerzhaft vom Rücken bis ins Bein zieht, ist meist der Ischias schuld. Dieser umgangssprachliche Begriff fasst verschiedene Beschwerden zusammen, die vom Ischiasnerv ausgehen. Medizinisch korrekt heißt das Phänomen Ischialgie. Ursache kann zum Beispiel ein Bandscheibenvorfall oder eine Entzündung sein. Lesen Sie hier mehr über Ursachen, Symptome und Behandlung der Ischialgie und erfahren Sie, warum der Ischias langes Sitzen gar nicht mag und wie Sie Beschwerden vorbeugen können."

(https://www.netdoktor.de/krankheiten/ischias/)

Mein Kreuz hat sich nach einigen Tagen wieder beruhigt. Die betroffene Bandscheibe hat sich wahrscheinlich erholt. Der Ischias war geblieben.

Auf irgendwelche Schmerzmittel reagierte der nicht! Er schmerzte und feuerte seine Pfeile vorwiegend nachts, oder wenn ich zur Mittagsruhe auf dem Sofa lag. Solange ich mich bewegte, hielt er sich zurück - dieser hinterhältige Ischias!

Im Internet ist in einschlägigen Veröffentlichungen zu lesen, dass der gereizte oder entzündete Ischiasnerv meistens bis zu sechs

Wochen wütet und dann plötzlich wieder Ruhe gibt. Ein altes Hausrezept würde zur Linderung der Schmerzen Kurkuma empfehlen.

"Kurkuma ist eine Pflanze der Familie der Ingwergewächse (Zingiberaceae). Ihr Name geht auf den altindischen Begriff „kunkuman" zurück, der auf die safrangelbe Farbe des Wurzelstocks anspielt. Es wird vermutet, dass die Kurkuma-Pflanze ursprünglich aus den Gebirgsregionen Südasiens stammt. Ihre genaue Herkunft konnte bislang aber nicht eindeutig geklärt werden. Heutzutage wird Kurkuma vorwiegend auf dem indischen Subkontinent, in China, Indonesien und den südamerikanischen Tropen angebaut.

Seit mehr als 5.000 Jahren ist die heilende Wirkung der Kurkuma-Pflanze bereits in der Avuryeda-Medizin Indiens und der traditionellen, chinesischen Medizin (TCM) bekannt. Damit zählt sie zu den ältesten bekannten Heilpflanzen der Welt. Üblicher-weise wird die Kurkuma in der Ayurveda-Medizin mit schwarzem Pfeffer oder Ingwer vermischt. Durch die Beimischung dieser beiden Gewürze wird ihre Wirkung zusätzlich verstärkt. In Europa und den USA wurde Kur-

kuma bisher lediglich als Küchengewürz in Currymischungen verwendet. Erst seit 50 Jahren beschäftigt man sich auch in der westlichen Welt mit der medizinischen Wirkung auf den Organismus und die Gesundheit."

Und das ist vielleicht der Erwähnung wert:
Zur allgemeinen Stärkung meiner Lebenskräfte habe ich nämlich Curcumin-Pillen im Repertoire. (Mehr folgt dazu im Kapitel: Ist es kalt, doch dir ist warm, rebelliert vielleicht dein Darm!)

Hier nur so weit:
Mit jeweils drei Curcumin-Pillen pro Tag gelang es mir meistens, diesen lästigen Ischiasnerv soweit zu besänftigen, dass ich nachts schlafen konnte! Jawoll - Curcumin-Pillen!

Nach genau fünf Wochen kam der Tag, an dem der Ischiasnerv aufgab.
Während der Wassergymnastik!

Normalerweise bringen mich die Übungen der Wassergymnastik, an denen Rumpf und Beine beteiligt sind, stets an den Rand des Schmerzes. Es ziept und zerrt und zurrt... - das ist immer so.

An jenem Tag kam es plötzlich zu einer Eskalation der Schmerzen. Zirka zehn Sekunden lang ziepte und zerrte und zurrte es im Kreuz und im ganzen Beckenbereich, als wäre ein Feuer ausgebrochen. Dann war Ruhe.
Ich spürte wieder das ganz normale anheimelnde Ziepen, Zerren und Zurren.
Und - was ich in dem Moment sofort wusste - der Ischiasnerv würde mich vorläufig nicht mehr quälen. Die Nächte und das Mittagsschläfchen würden wieder erholsam sein für Körper und Geist.
Und so war es dann tatsächlich!

Was war passiert?

Als ich meinem Facharzt für Orthopädie davon berichtete, dass wir uns den Konsultationstermin hätten sparen können, weil der Ischiasnerv besiegt sei, zuckte er nur die Schultern und wusste allerdings meine Euphorie doch etwas zu dämpfen.
Das könne bei entsprechender Belastung jederzeit wiederkommen, versprach er mir.
Ich solle nur weiter fleißig meine Übungen machen - möglichst täglich! - und wenn ich ein paar Kilos abspecken könnte, wäre das sicher auch für meine Wirbelsäule und einen friedlichen Ischiasnerv von Vorteil.

Außerdem verschrieb er mir einen Stützgürtel (Lumbalbandage), der mir bei meinen Kabarettauftritten bereits unentbehrlich geworden ist.

Nein, gänzlich ohne Schulmediziner geht es eben doch nicht!

(Der Ischias-Nerv meldete sich erst Jahre später wieder.)

4. Kapitel:
Wenn es nicht mehr kribbelt, hast du womöglich abgenibbelt!

Mein Vater pflegte zu sagen:
Wenn ich morgens aufwache und mir tut nichts weh, dann bin ich womöglich schon tot.

So gesehen kann man ein unspezifisches Kribbeln durchaus als erfreuliches Lebenszeichen betrachten. Aber in Wirklichkeit ist es - wie es bei mir war - ausgesprochen penetrant und lästig. Jenes kribbeln im Fuß, über das ich schon berichtete.

Das zweite Kribbeln, welches ich bei mir bemerkte, war ein punktuelles Kribbeln im Nacken. Ich bemerkte es meistens beim Autofahren.
Es könnte auch sein, dass es sonst gar nicht vorhanden war. Oder nur ganz selten. Jedenfalls machte es sich immer bei längeren Autofahrten aufdringlich bemerkbar.
Es war kein so sehr intensives Kribbeln, was dann auch oft beim Fahren neben den anderen Dingen, die eben beim Fahren zu beachten sind - nörgelnde Beifahrerin, streitende Kinder auf der Rückbank, schlechtes Wetter,

Eis und Schnee, blendende Sonne etc.pp. -
unterging.

Wenn ich es also zeitweise bemerkte, dachte
ich jedes Mal, es wäre ein Nackenhaar, was
sich da irgendwie mit dem Hemdkragen be-
fehdet. Oder eine Art von Fussel, die in der
Kopfstütze klemmt, und mir neckisch in den
Nacken bohrt?
Ein oder zweimal bat ich meine jetzige Frau,
doch mal zu schauen, was ich da am Nacken
habe. Die guckte kurz und blaffte mich an,
ich solle mich auf die Straße konzentrieren.

Meine jetzige Frau ist als Beifahrerin ein
Born ewiger Freude!

Ich nahm mir immer wieder vor, am Ende
einer Fahrt mal genau zu untersuchen, wo
diese Fussel - oder was es auch sonst sein
mochte - sich befand.
Das war einige Jahre so. Weil ich einfach
nach der Fahrt immer wieder vergaß, nach
der Fussel zu suchen.
Es war ja auch nicht schlimm.
Aber da war ja noch dieses andere Kribbeln,
nämlich jenes bereits erwähnte Kribbeln im
rechten Fuß. Genauer gesagt - im Bereich

der Wurzel des großen Zehs des rechten Fußes.

Dieses Kribbeln im Fuß, welches mir nachts den Schlaf raubte, trieb mich dann - wie erwähnt - in die Hände meines Facharztes für Orthopädie, der dann bei mir eine Hüft-Arthrose diagnostiziert, mein Übergewicht kritisch thematisiert und auch das Rutsch-Kreuz... - Wirbelgleiten - feststellte.

Das hatten wir bereits.

Das Fuß-Kribbeln blieb - wie erwähnt - außen vor. Dagegen war scheinbar auch in der Schulmedizin kein Kraut gewachsen.

Mindestens aller vierzehn Tage ereilte mich in den betreffenden Jahren nachts das nervtötende Fußkribbeln. Alle Bemühungen durch bestimmte Lageveränderungen im Bett das Kribbeln zu unterbinden, waren erfolglos verlaufen.

Manchmal schaffte ich es, durch totales Einigeln, oder durch totales Langstrecken des Körpers das Kribbeln für einige Sekunden zu unterdrücken. Es blieb - so oder so - immer von kurzer Dauer.

Ich hatte mich schließlich mit dem Kribbeln abgefunden.

Es war ja nicht direkt tödlich. Eben nur lästig.

Auch hatte ich ja genügend andere gesundheitliche Baustellen, mit denen ich mich beschäftigen konnte.

Zum Beispiel - eine Baustelle, die bisher unerwähnt geblieben ist - mein Geschlechtsherpes!

Zwischenspiel:

"Ausgelöst wird Herpes genitalis von Herpes-simplex-Viren (HSV), die sich in Typ 1 (HSV1) und Typ 2 (HSV2) aufteilen. Für 70 bis 80 Prozent der Fälle ist Typ 2 verantwortlich, der Rest wird von Typ 1 ausgelöst.

Klassischerweise erfolgt eine Herpesgenitalis-Ansteckung mit Typ 2 als Schmierinfektion über ungeschützten Geschlechtsverkehr. Dabei gelangt mit den Viren infizierte Körperflüssigkeit direkt oder indirekt von einer Person zur nächsten. Über minimale Schleimhautverletzungen bahnen sich die Herpesviren ihren Weg in den Körper. Penis und Vagina sind nach der Gesichtsre-

gion die bevorzugten Infektionsstellen der Herpes-simplex-Viren.

Ein von Typ 1 ausgelöster Herpes im Intimbereich kommt durch die Übertragung von Lippenherpes auf die Genitalregion zustande. Dies geschieht meist durch Oralverkehr oder über eine Infektion durch mit Viren verunreinigten Händen.

Auch eine indirekte Genital-Herpes-Ansteckung über infizierte Gegenstände ist möglich. Denn außerhalb des menschlichen Körpers überleben die Viren bis zu 48 Stunden. "

(www.netdoktor.de/krankheiten/herpes/genitalis/)

Aufgegabelt hatte ich mir meinen Herpesvirus bei einer Versicherungsmaklerin, mit der ich interimsmäßig nach Ende meiner zweiten Ehe eine gewisse Zeit lang herumzog und schlief.

Sie fuhr einen 5er-BMW und sagte von sich selbst, dass sie eine gute Partie sei. Ihre Wohnung war -vergleichsweise zu meiner - riesig. Ihre Einkünfte aus dem Versicherungsgewerbe nannte sie "beschämend üppig"!

Wenn wir gemeinsam unterwegs waren, oder in Gaststätten aßen und tranken, durfte ich trotzdem immer alles bezahlen.

Sie fand meinen Beruf als Kabarettist nicht abschreckend - es käme schließlich auf die menschlichen Qualitäten an.

Den Laufpass gab sie mir dann, als wir uns nicht recht darüber einigen konnten, was man denn mit den Restern unserer Leben anfangen sollte. Sie wollte einfach noch bisschen auf den Putz hauen, wie sie sagte,... Spaß haben... Party... Kreuzfahrten...
Die jedenfalls hatte Lippenherpes.
Ich hatte keine Ahnung, was das eigentlich ist. Ein größerer Pickel an der Lippe, der relativ schnell wieder wegging!

Ein früherer Kollege hatte solche Pickel an der Lippe auch ab und an gehabt, weil er sich wiedermal vor irgendeiner zufällig auftauchenden Spinne geekelt hatte. Das war aber nicht schlimm.

"Nach einiger Zeit verschwinden die Symptome, die Herpes-Viren werden dabei allerdings nicht restlos von der körpereigenen Abwehr vernichtet. Einige der Erreger wandern entlang der Nervenbahnen bis zu den Nervenwurzeln (retrograder axonaler Transport). Dort schalten die Viren in eine Art Ruhemodus und entziehen sich dem Zu-

griff des Immunsystems. In diesem, auch als Latenz bezeichneten Zustand, überdauern die Herpes-Viren ein Leben lang.

Von Zeit zu Zeit werden die Viren wieder aktiv und wandern zu den Epithelzellen der Haut zurück. Dort verursachen sie einen erneuten Ausbruch von Herpes genitalis.

Typische Auslöser einer Reaktivierung sind Erkältungen, psychischer oder körperlicher Stress oder starke körperliche Anstrengung."

Bei mir tauchte der Virus irgendwann - Monate, nachdem ich von der Versicherungsfrau den Laufpass erhalten hatte - an der Vorhaut auf. Aber da wusste ich nicht, dass es Herpes war.

Es waren so eitrige Bläschen.

Mittlerweile war ich schon mit meiner jetzigen Frau zusammen.

Unsre Beziehung war noch ziemlich frisch. Wir waren beide erschrocken. Woher kam das denn?

Wer hatte wen angesteckt?

Um es aber gleich zu sagen - wir befinden uns aktuell immerhin im elften Jahr! Der Herpes-Virus hat uns nicht entzweien können!

Dass sich meine neue Frau nicht infizierte, ist eigentlich verwunderlich. Aber warum sie sich nicht infizierte, muss im Rahmen dieses Erfahrungsberichtes offenbleiben. War sie es, die mich angesteckt hatte?

Es konnte aber auch was anderes sein!
Natürlich suchte ich mir sofort einen zuständigen Arzt - einen Urologen -, der dann in meinem Fall zufälligerweise eine Ärztin war. Eine junge hübsche Frau.
In der Anmeldung im Ärztehaus hatte ich nur 'Urologie - Dr.med. Soundso' gelesen.
Dann blieb mir beim ersten Termin nur übrig - Augen zu und durch! Hosen runter!

Meine neue Frau sagte, als ich von meinem Schockerlebnis berichtete, ich solle mich nicht so anstellen, die Gynäkologen seien auch meistens Männer.

Am Ende der Behandlung und entsprechenden Laboruntersuchungen bekam ich schließlich bestätigt, dass es nur Herpes ist. Nichts Schlimmeres!
Ich bekam dann auch irgendwelche virushemmende Tabletten verschrieben und Aciclovir-Creme.

Die erste Aktivierung des Virus ging dann bald zu Ende.

Die Reaktivierung geschah im weiteren unregelmäßig in großen Abständen und war jeweils nach zehn bis vierzehn Tagen wieder vorbei. In diesen reaktiven Zeiten hatten ich und meine neue Frau sexuelle Schonzeit.
So lief das einige Jahre - eigentlich problemlos.

Das blieb aber leider nicht so. Vor ungefähr einem Jahr kam es bei mir zu einer Häufung der Reaktivierungen. Kaum war ein Virusangriff abgeklungen, schon kam - oft nach nur wenigen Tagen - der nächste. Ich hatte viel Stress mit meinen Auftritten und dazu eine Steuerprüfung. Der Herpesvirus kam nicht zur Ruhe

Da erinnerte ich mich dunkel - sehr dunkel! -, dass am Anfang, als ich mir den Virus gerade erst eingefangen hatte, die Einnahme von B-Vitamin empfohlen wurde.
B-Vitamine wären bei Nervengeschichten immer günstig!
Also besorgte ich mir umgehend entsprechende Pillen. B-Vitamin-Komplex!

"Vitamine des so genannten Vitamin-B-Komplexes, besonders die Folsäure (Vitamin B 9), sind wichtig für das Nervensystem und unterstützen die Funktion des Gehirns. Sie helfen im zentralen Nervensystem beim Stoffwechsel der Neurotransmitter, der chemischen Botenstoffe, die Nervenimpulse von einer Zelle zur anderen weitergeben. Die Gürtelrose entsteht durch ein Defizit in der Neubildung der Neurotransmitter. Dagegen hilft die Einnahme von Vitamin-B-Komplexen, denn sie wirken sich positiv auf die Neubildung der Neurotransmitter aus und lindert somit Erkrankungen wie Gürtelrose und Herpes."

(www.biofitt.com/gesundheitsinformationen/gesundheitslexikon/konstitution/nerven/herpes.html)

Was soll ich sagen... jeder, der meinen Ausführungen bis zu dieser Stelle gefolgt ist, ahnt, dass die B-Vitamin-Pillen geholfen haben.

Was sonst?!

Klar, haben sie geholfen!

Aber nicht gegen den Herpesvirus!

Der Zyklus der Reaktivierung meines Herpesvirus blieb beinahe ohne Pausen.

Die eigentliche Pointe kommt noch:

Das Kribbeln im Nacken ist weg.

Und das Kribbeln im Fuß ist so sehr abgeschwächt, dass es mich auch nachts nicht mehr stört!

Eigentlich beinahe logisch! B-Vitamine wirken auf Nerven. Und Kribbeln ist Nervensache!

Ich habe es aber nicht übers Herz gebracht, meinem Facharzt für Orthopädie von diesem eigenmächtigen Heilungserfolg zu unterrichten.

Unangenehm blieben natürlich - trotz Vitamin B - die häufigen Herpesausbrüche. Was hatte den Virus, der über Jahre so zurückhaltend agiert hatte, so auf Trapp gebracht?
Warum hatten die B-Vitamine nicht die gewünschte Wirkung erzielt?

Die Antwort auf diese Fragen gibt es im Kapitel 7:
Treib mit deinem Herze keine üblen Scherze!

Zurück zum Thema: **Wenn ich mich verrenke, knarren die Gelenke!**

Trotz aller Pillen-Kunst - künstliche Gelenke waren letztlich der einzige Ausweg, der mir blieb.
Mein Orthopäde lies diesbezüglich keinen Zweifel offen.
Ein Glück, dass ich bei aller kritischen Einstellung zur Schulmedizin doch immer von ihrer fundamentalen Notwendigkeit überzeugt war und entsprechende Kontakte pflegte. Zu meinem Orthopäden hatte ich ein regelrecht vertrauensvolles Verhältnis aufgebaut.

Nach nochmaliger Prüfung des Zustandes meiner Hüften gab es kein zurück - nur:
Vorwärts unters Messer!

Zweimal Klinikaufenthalt inklusive Operation und zweimal anschließende REHA - bieten Stoff für mehrere Romane. Einen schrieb ich auch - Titel: "Blonder Schatten".
(Bestellbar über "amazon-bücher")

Und dank meiner guten körperlichen Konstitution - die ich auch infolge meiner jahrelangen Pillenfresserei vorzuweisen hatte - kam ich sehr schnell mit den künstlichen Hüften zurecht und von den Krücken weg wieder auf die Beine.

Ich habe in den letzten Jahren lange glückselige Phasen erleben dürfen, in denen ich mich fühlte, als könne ich wieder Italien 'abwalken'! Oder Österreich - was ja noch offen ist!

Insgesamt kann ich mich nur lobend über die Kliniken, Ärzte, Schwestern, Pfleger, Therapeuten etc. äußern. Es hat mir richtig gut gefallen. Schade, dass ich nur zwei Hüften habe!
Aber vielleicht kann ich ja noch einen Nachschlag haben, wenn mein Gleitwirbel nicht mehr mitmachen will.
Und diese Gefahr - beziehungsweise Chance - bleibt akut.

Um jedenfalls der Notwendigkeit dieser Chance zu begegnen, empfahl mir mein Orthopäde, meine Körperhaltung zu optimieren.
"Üben Sie den aufrechten Gang!"

Sprich:
Kein Hohlkreuz beim Laufen. Becken nach vorne kippen. Wirbelsäule strecken!
Kopf nach hinten! Keinen Schildkrötenhals!

Und dank meiner Überzeugung, dass stetiger Tropen tatsächlich den Stein höhlt, schaffte ich es mehr und mehr, meine Körperhaltung zu ändern. An meiner Wohnungstür hing innen ein Schild, dass mich beim Verlassen der Wohnung erinnert:
"Kopf hoch!"

Die Übungen bei der REHA-Gymnastik wurden auf den Gleitwirbel und eine richtige Beckenkippung ein- und ausgerichtet.
Und so kam es infolge der neuen Körperhaltung - hurra hurra hurra! - das Kribbeln im Fuß weg ist.
Nicht zu fassen!

War also - wie bereits berichtet - durch erhöhte Vitamin-B-Dosen das Kribbeln im Fuß reduziert worden, so ist es nun weg!
Wenn es doch mal kommt - rücke ich mir den Kopf zurück. Erledigt!

Zweitens - der Nerv, der von der Halswirbelsäule über die Schultern, den Arm entlang bis in den kleinen Finger führt
- **'Nervus ulnaris'** -, und mich beinahe so oft, wie das Kribbeln im Fuß genervt hatte (was ich bisher völlig verabsäumt habe, zu erwähnen) - mit bohrenden Schmerzen in

den Armen... und der kleine Finger war meistens taub!

- rebelliert nicht mehr. Vorausgesetzt ich habe die rechte Kopfhaltung!

Unglaublich!

Drittens - mein Kreuz samt dem Gleitwirbel ist wesentlich belastbarer, als früher. Ich kann mindestens zwei Stunden in einem Museum vor irgendwelchen Bildern von irgendwelchen berühmten Malern herumstehen, ohne einen Zusammenbrauch fürchten zu müssen.

Sicher, die statische - wie auch die mobile - Belastung hat Grenzen.

Der Gleitwirbel ist ja noch nicht weg.

Aber ich könnte wetten, dass er nicht mehr, wie früher eins Komma fünf Zentimeter weit, sondern höchstens noch einen Zentimeter verrutscht ist.

Es fühlt sich so an.

Eine echte Erfolgsgeschichte! Aber nun kommt das bittere Ende!

Für diese neue Körperhaltung ist es unerlässlich, dass die Muskulatur vom Oberschenkel bis zum Bauch gestreckt wird. Für die Streckung der Leistengegend habe ich mindestens vier verschiedene Übungen auf meinem Trainingsplan.

Diese Streckungen reizen nun den sogenannten 'Jeans-Nerv' - **'Nervus cutaneus femoris lateralis'** -

- der seinerseits mit erheblichen Reaktionen aufzuwarten weiß.

Und in den letzten Wochen mischte sich noch der Ischias-Nerv ein.

Jahrelang hatte er sich nicht gezuckt! Und nun - als wolle er seinem Kollegen zur Hilfe eilen - stürzt er sich in Getümmel.

Es war bereits ein Kunststück für mich, herauszufiltern, welche Schmerzen der Jeansnerv und welche der Ischias erzeugten, und wann wer aktiv wurde.

Kam es durch den REHA-Sport?

Durch die Wassergymnastik?

Durchs Autofahren - das Gasbein!

Aber eines war bald eindeutig klar - die beiden Nerven hatten sich entzündet.

Ich durfte es mit der sportlichen Bewegung nicht übertreiben. Und langes Autofahren war jedenfalls förderlich für die Schmerzen im rechten Oberschenkel.

Förderlich für eine gewisse Beruhigung der Nerven erwies sich das Einreiben der betroffenen Partien des Oberschenkels mit Arnika oder Voltaren-Gel.

Einen Termin bei meinem Orthopäden habe ich für in zwei Monaten erhalten.
Ein Glückfall!
Denn:
Ich googelte - um die zwei Monate zu überbrücken - im Internet und fand ein Mittel, dass Hilfe gegen Nervenschmerzen - Neuralgien - versprach.
Weil ich es an dem Tag aus irgendeinem Grund eilig hatte, und nicht alles las, notierte ich mir nur schnell den Namen des Mittels - **'Restaxil'** - und kaufte es später in der Apotheke.
Erst zuhause, als ich das Mittel einnehmen wollte, und im Beipackzettel nachlas, wie es denn einzunehmen sei, wurde ich stutzig -
"Fünf Tropfen unverdünnt, dreimal, im akuten Fall bis sechsmal täglich."

Fünf Tropfen unverdünnt - das ergab eine winzige Pfütze im Glas, die sich kaum trinken ließ.
Dann entdeckte ich auf der Verpackung die entscheidende Information:

'Homöopathisches Arzneimittel'
Ach, du Heimatland!
Homöopathie - das war das Letzte, auf das ich mich einlassen wollte.

In meinen Pillen liegen Vernunft und Naturheilkunde. In Homöopathie Alchimismus und Wunderglauben!
Aber nun hatte ich das Zeug gekauft für fast dreißig Euro!
Also los! Sechsmal täglich fünf Tropfen unverdünnt! An nächsten Tag hat der Ischias-Nerv aufgegeben.

Der Jeans-Nerv ist ganz kleinlaut geworden und hat sich nur nachts ein-zwei-mal zaghaft gemeldet.
So!
Dann kamen noch ein paar Tage, an denen ich keine unverdünnten Tropfen nahm. Eben, weil der Ischias nicht aufmuckte, und ich die verbliebenen Irritationen, die der Jeansnerv verursachte, mit Arnika und Voltaren in Schach halten konnte.

Wie sich die Sache zukünftige entwickeln wird, ist offen. Das homöopathische Wundermittel werde ich aber mindestens bis zur Verwendbarkeitsgrenze aufbewahren.

5. Kapitel:
Ist es kalt, doch dir ist warm, rebelliert vielleicht dein Darm!

Alles, was man oben in sich hineinstopft und hineinschüttet, muss unten wieder herauskommen. Wenn nicht, dann hat man eine Verstopfung, was höchst übel sein soll. Diesbezüglich habe ich keine Erfahrungen vorzuweisen.

Überhaupt war für mich der Darm ein Organ, von dem ich wusste, dass es auch in mir existiert, aber das wenig Beachtung von mir beanspruchte. Ähnlich wie Milz und Bauchspeicheldrüse. Sie wirken im Geheimen.

"Der Darm ist der längste Abschnitt unseres Verdauungstraktes. Seine Aufgabe ist es, die Nährstoffe so weit aufzuspalten, bis sie über die Darmwand aufgenommen (resorbiert) werden können. Aber nicht nur das: Der Darm ist auch für unser Immunsystem wichtig und beherbergt zudem die Darmflora (Mikrobiota). Dabei handelt es sich um ein komplexes Ökosystem an Mikroorganismen, deren Zusammensetzung offenbar nicht nur unsere Darmgesundheit beeinflusst, sondern auch unsere Abwehrkräfte und sogar unsere Emotionen. Heute weiß man außerdem, dass

der Darm über ein eigenes Nervensystem verfügt, das mit unserem „Kopfhirn" kommuniziert und ihm mehr Signale schickt, als man bisher annahm."

Das Endprodukt der Darmtätigkeit, das früher gern von Bauern für die Düngung ihrer Felder verwendet wurde, wird in unserer zivilisierten Gegend vorwiegend in dafür vorgesehene Porzellanbecken entsorgt. Man sagt dazu 'Stuhlgang'.
Wenn der sogenannte 'Stuhl' allzu fest ist...

Da fällt mir der Witz ein, wo der Häftling, der in Amerika im berüchtigten Gefängnis 'SingSing' einsitzt, bei einem Arzt außerhalb des Gefängnisses anruft. Der Arzt fragt wie er helfen kann.
Der Häftling sagt, dass er Zweifel an der Kompetenz der Gefängnisärzte habe. Er möchte eine zweite Diagnose haben. Der Arzt fragt nach den Beschwerden.
Der Häftling sagt, er habe schwere Blähungen.
Der Arzt fragt: Und wie ist ihr Stuhl?
Der Häftling antwortet: Gestern fest, heute flüssig, morgen elektrisch.
Der Arzt sagt: Na, dann werden sie übermorgen keine Blähungen mehr haben!

Ja, also - ich hatte über Jahre hinweg zumeist keinen festen, sondern mehr breiigen Stuhl. Das störte mich wenig. Im Gegenteil. Ich musste nicht ewig und acht Tage auf dem Klo hocken, wie meine jetzige Frau.

Dann - vor einigen Jahren - änderte sich da was. Bei mir!

Ich erinnere mich nicht mehr deutlich, aber ich glaube, mein Stuhl wurde etwas fester und ich schwitzte oft nachts, oder morgens, nach dem Aufstehen. Auch die Produktion von Gasen nahm stark zu, was mir den Unwillen meiner jetzigen Frau eintrug.

Also, weniger die Produktion der Gase an sich, sondern deren Ausstoß.

Sie warf mir auch vor, damit dem Klimawandel Vorschub zu leisten.

Ich brauchte lange, bevor ich einen Zusammenhang zwischen meiner Darmtätigkeit und den Schweißausbrüchen entdeckte.

- Wenn ich morgens noch keinen Stuhlgang hatte - Schweißausbruch!

- Wenn mein Darm wegen zu schweren Essens am Abend in der Nacht Schwerstarbeit zu verrichten hatte - Schweißausbruch!

- Wenn der Nahrungsbrei eine bestimmte Zone des Darmtraktes erreichte... kurz vor dem Erreichen des Enddarmes, so schien mir... - Schweißausbruch!

Schließlich, als ich mir des Zusammenhanges - von Schweiß und Scheiß sozusagen! - sicher war, beschloss ich, meinem Darm zu helfen. Ich suchte - und fand selbstverständlich! - eine ziemliche Auswahl an Pillen, die die Darmtätigkeiten positiv beeinflussen.

Wie immer musste ich mich ganz alleine entscheiden. Und ich entschied mich wieder für Curcumin- Pillen!

"Curcuma bringt die Verdauung in Schwung Beschwerden wie Völlegefühl und Verstopfung können mit Curcumin nachhaltig therapiert werden. Da der Wirkstoff die Produktion der Gallenflüssigkeit und der Magensäure anregt, können insbesondere Kohlenhydrate und Fette in der Nahrung besser verdaut werden. So können auch Mineral-stoffe, Vitamine und Spurenelemente besser vom Organismus aufgenommen werden. Durch die effiziente Fettverdauung schwören auch einige Mediziner und Ernährungswissenschaftler auf den therapeutischen Ef-

*fekt von Kurkumin bei Patienten mit Adiposi-
tas (Fettleibigkeit). Der gelbe Wirkstoff regt
nachhaltig den Stoffwechsel an und fördert
die Fettverbrennung."*

Je mehr die Wirkstoffe von Pillen aus
pflanzlichen Substanzen gewonnen werden,
desto lieber sind sie mir.

*"Hauptinhaltsstoffe von Kurkuma sind die
Curcuminoide. Dies sind sekundäre Pflan-
zenstoffe, die aus drei Komponenten beste-
hen: Kurkumin (CUR), Demethoxycurcumin
und Bisdemethoxycurcumin. Das Kurkumin
– oder auch Curcumin geschrieben – ist unter der Lebensmittelzusatznummer E100 als
Färbemittel und Gewürz bekannt. Ihm ver-
dankt die Pflanze ihre typische Gelbfärbung.
Laut Studien besitzt das Kurkumin u.a. eine
krebshemmende, schmerzlindernde oder -
stillende und entzündungshemmende Wirkung (Studie). Daher wird es als eine Art
Allheilmittel in der traditionellen Medizin
genutzt. Kurkuma produziert Curcumin als
Wirkstoff zum Eigenschutz gegen Fressfeinde
und andere Krankheitserreger. Das ist eine
übliche Überlebensstrategie für Pflanzen,
die unter extremen Bedingungen aufwach-
sen."*

Je mehr und je ausführlicher ich mich mit den Wirkungen von Curcumin beschäftigt, desto mehr wurde mir klar, dass das eine Universalwaffe ist.

Neben der allgemein entzündungshemmenden Wirkung lindert Curcuma die Schmerzen und erhöht die Beweglichkeit der Gelenke.

Die Frage, welchen Pillen ich nun letztendlich die zeitweilig wiedergewonnene Schmerzfreiheit meiner Hüftgelenke verdankte, wird dadurch natürlich stark vernebelt.

Haben womöglich die Curcumin-Pillen das vergängliche Wunder bei meinen Gelenken bewirkt?

Und haben anderseits die Weihrauch-Pillen, die ich eigentlich gegen die Gelenkarthrose schlucke, den Darm saniert?

"Weihrauch und traditionelle Medizin:
Weniger bekannt ist, daß das Harz des indischen Weihrauchbaumes (Boswellia serrata) in der traditionellen indischen Naturheilkunde des Ayurveda („Wissenschaft vom gesunden Leben") seit über 3.000 Jahren als wichtiges Heilmittel eingesetzt wird. Als Sal-

be wurde „Guggul" (alte Sanskrit-Bezeichnung der Pflanze) bei Entzündungen, (v. a. Gelenkentzündungen), Knochenbrüchen, Drüsenschwellungen und Geschwüren aufgetragen. Innerlich setzte man es bei chronischen Darmerkrankungen und Hämorrhoiden ein, sowie bei Entzündungen des Mundraums."

(https://nwzg.de/weihrauch-natuerliches-heilmittel/)

Egal!

Wichtig ist, dass ich nun schon seit vielen Monaten nicht mehr im Bett 'wegen nichts' geschwitzt habe. Wenn ich schwitze, dann ist es eben wegen spätabendlicher Völlerei, oder wegen einer zu dicken Bettdecke.

Wegen gewisser schweißtreibenden Handlungen, die ich gemeinsam mit meiner jetzigen Frau ausführe, schwitze ich gelegentlich ganz gern! Betonung auf gelegentlich!

Und eine weitere Allzweckwaffe muss ich erwähnen, bei der man auch nicht genau sagen kann, wo sie eingeschlagen kann: **Kürbiskernöl!**

Ich gebe zu, die Kürbisfrucht fast mein ganzes Leben lang falsch eingeschätzt und missachtet zu haben. Das Fruchtfleisch war mir zu fade. Kein Vergleich mit einer Melone! Dass im Kürbis und seinen Kernen soviel Kraft steckt, hätte ich nicht gedacht.

"Wer sich für die heilenden Wirkungen des Kürbiskernöls interessiert, wird feststellen, dass das Öl ganz besonders wirkungsvoll für die Behandlung von Prostataproblemen zu empfehlen ist. Im ansteigenden Alter haben viele Männer ein Problem mit der Vergrößerung der Prostata und das Kürbiskernöl kann diese Vergrößerung verhindern und auch die Symptome verbessern, wenn sie schon stattgefunden hat. Dies liegt an dem Inhaltsstoff Phytosterol Beta-Sitorsterol, welcher eine positive Wirkung auf die Prostata hat. Aber auch der Inhaltsstoff ist Deta-7 Setrin ist für die Gesundheit der Prostata entscheidend, denn dieser unterbindet das außergewöhnliche Wachstum der Prostata. Kürbiskernöl ist ein gesünderes Öl als manche anderen Öle und kann zum Beispiel den Cholesterinspiegel senken, was an den Phytosterolen liegt, die in dem Kürbiskernöl enthalten sind. Ein gesunder Cholesterinspiegel ist wichtig für die Gesundheit des Herzens. Viele Menschen die Herz-Kreislauferkrankungen haben, können dies

auf den hohen Cholesterinspiegel zurückfüh-
ren.

Wirkungsvoll ist der Verzehr von Kürbis-
kernöl auch bei Leiden wie Arthritis, Aller-
gien und sogar Erkrankungen des Magen-
und Darmtraktes. Menschen, die zum Bei-
spiel an Reizdarmsyndrom leiden, können
durch den regelmäßigen Verzehr von Kür-
biskernöl einen Unterschied bemerken. Wei-
tere Gebiete in denen das Öl wirkungsvoll
ist, sind zum Beispiel hoher Blutdruck, Bla-
senentzündungen und Nierenerkrankungen.
Die heilenden Wirkungen von Kürbiskernöl
sind in den letzten Jahren mehr und mehr
von Wissenschaftlern erforscht worden, aber
immer wieder gibt es neue Erkenntnisse.

Des Weiteren wirken sich die Inhaltsstoffe
gut auf das Herz-Kreislaufsystem aus wes-
halb man hier das Kürbiskernöl ebenfalls gut
anwenden kann. Das Kürbiskernöl kann den
Blutdruck und den Cholesterinspiegel sen-
ken, was natürlich positive Auswirkungen
auf das Herz-Kreislaufsystem hat.

Auch wurden Studien über den Effekt von
Kürbiskernöl auf die Gelenke und deren
Funktionen angestellt.

Die gesundheitlichen Wirkungen von Kür-
biskernöl sind schon seit Jahren bekannt und
man kann Kürbiskernöl anwenden bei:

Prostataleiden
Herz- Kreislaufbeschwerden
hohem Blutdruck
Harninkontinenz
Infektionen
Magen- und Darmerkrankungen
Gelenkerkrankungen
und für die Stärkung des Immunsystems"

Tja, da kann ich mich bei den Kürbissen für meine Ignoranz nur entschuldigen!

Vor einigen Jahren - ohne um die vielseitige Wirksamkeit der Kürbiskerne zu wissen -, hatte ich Kürbiskerne und Kürbiskernöl-Pillen in mein Repertoire aufgenommen.
Ich fürchtete damals, Probleme mit meiner Blase zu haben. Gelegentlich hatte ich den Eindruck, dass weder der Druck des Urin-strahles, noch die Dichtheit so wie früher waren. Es gab mehr oder weniger leichte Veränderungen.

Aber genau das ist wieder der Punkt bei An-wendung von Pillen:
Wenn man wartet, bis die Symptome absolut eindeutig sind, dann ist es zu spät.

Dann können Pillen nicht mehr viel ausrichten.

Eigentlich müsste man mit dem Pillenschlucken - genau wie mit den gymnastischen Bewegungsübungen - bereits in jungen Jahren beginnen.

Aber das wäre denn doch zuviel des Guten für die Hersteller! Nein.

Es gilt geringste Veränderungen bestimmter Körperfunktionen wahrzunehmen, zu beobachten und darauf zu reagieren - dann haben die Pillen eine Chance, eine Erkrankung oder Fehlfunktion bestimmter Organe und Körpersysteme einzudämmen - oder gar zu beseitigen!

Als mich kürzlich ein alter Bekannter in einer meiner Kabarettveranstaltungen besuchte, stürzte er kurz vor Beginn noch einmal aus dem Saal. Ich hielt ihn auf und machte darauf aufmerksam, dass ich eigentlich loslegen wolle.

Er bat mich: "Bitte warte noch eine Minute! Sonst muss ich während der Vorstellung raus - oder es geht in die Hose."

Ich wartete die Minute auf ihn und beglückwünschte mich innerlich zu meiner belastbaren Blase. Ich war - und bin! - noch dicht!

Wer weiß, was ich den Kürbiskernen noch alles zu verdanken habe.

6. Kapitel:
Wirft sich Frau die Pille ein, muss der Mann zu Willen sein!

Apropos Pille:
Das Mädel klaut der Mutti die Pille, das Luder!
Nun kriegt sie kein Kind, sondern einen Bruder!

Pardon! Aber das ist doch wirklich ein hübscher Spruch!

Also:
Im zarten Alter von 59 Jahren lernte ich meine neue, jetzige Frau kennen. In den elf Jahren, die wir nun zusammen sind, gab es viel Sonnenschein. Ich hatte das deutliche Gefühl, endlich dort gelandet zu sein, wo ich eigentlich schon immer hinwollte.
Ich kam mir vor wie Christoph Columbus.
Ich hatte schon immer nach Indien gewollt und war in Amerika gelandet.
Meine neue Frau war mein Indien!

Meine vorangegangene 'amerikanische' Frau, hatte der Mode entsprechend 'die Pille' genommen. Meine erste Frau aber erst, nachdem sie zwei, von mir gezeugte Kinder bekommen hatte.

Es heißt, mit 'der Pille' sei über die Frauen die Freiheit gekommen. Die sexuelle Freiheit.

Meine erste Frau war dann so frei, sich einen Liebhaber zu halten.

Das könnte gegen die Stärke meiner männliche Potenz sprechen, die meiner damaligen Frau zu geringfügig war.

Ich will mich da auch gar nicht lange streiten - aber anderseits spürt man eben nur dann die Stärke eines anderen, wenn man dagegenhält. Sie wich aus.

Eine Interimsfrau wich mir nicht von der Pelle. Sie hielt gegen, wann immer es möglich war.

Erst mit meiner jetzigen Frau fand ich einen gewissen Gleichklang der Gelüste.

Allerdings spielte 'die Pille' in unserem Liebesleben keine Rolle mehr.

Andere Pillen schon.

Denn ich begann hier und da zu schwächeln. Die Manneskraft verlor an Vehemenz!

Natürlich hatte ich schon von VIAGRA gehört. Das Mittel soll beim Mann wahre Wunder bewirken. Manche Männer sollen sogar an Herzüberlastung gestorben sein.

Achtung:

Es ist aber absolut kein Verlass darauf, dass Viagra den Mann beseitigt, den man nur geheiratet hat, um ihn beerben zu können!

In einer Fachzeitschrift las ich, dass bei den Todesfällen mit Viagra in 99,9% der Fälle bereits Vorschädigungen des Herzens vorhanden waren.

Also meine Damen, der auserwählte sollte wenigstens drei Herzinfarkte hinter sich haben!

In diversen Katalogen der Pillenhersteller gibt es unter der Überschrift 'Für den Mann' oder ähnlich, zwar kein Viagra, aber doch ein breites Angebot an potenzstärkenden Mitteln, bei denen der Wirkstoff 'Sildenafil' nicht beteiligt ist.

"Große Bekanntheit erlangte er als Wirkstoff des 1998 von dem US-amerikanischen Unternehmen Pfizer unter dem Namen Viagra auf den Markt gebrachten Arzneimittels zur Behandlung der erektilen Dysfunktion (Erektionsstörung) beim Mann. ... Sildenafil war der erste Arzneistoff der Wirkstoffklasse der PDE-5-Hemmer."

(https://de.wikipedia.org/wiki/Sildenafil)

Unter diesen Männer-Pillen sagte mir eine Sorte besonders zu, weil sie nicht unmittelbar nur auf die Stärkung der Potenz und Erektionskraft abzielt, sondern die Testosteronproduktion anregt, was dann in zweiter Instanz der Manneskraft und der Allgemeinbefindlichkeit zu Gute kommt.

Außerdem wieder eine Pille, mit rein pflanzlichen Inhaltsstoffen.

'Testoviril®':
"Neue, weiter verbesserte Rezeptur aus pflanzlichen Mikronährstoffen, die den Erhalt eines normalen Testosteron-Spiegel sowie die Effektivität des wichtigen Sexualhormons unterstützt. Da es sich nicht um ein Hormonpräparat handelt, ist auch bei dauerhaftem Verzehr das höchste Maß an Sicherheit gewährleistet. "

Meine jetzige Frau und ich hatten an mir in den letzten Jahren doch noch viel Freude.
Allerdings soll man ja aufhören, wenn es am schönsten ist!

Übrigens:
Eine weiterentwickelte Variante meiner Männer-Pille hatte ich mehrfach ausprobiert,

ebenfalls für wirksam gefunden, aber dann doch nicht regelmäßig verwendet. Man muss es ja nicht übertreiben!

'Hyperviril':
"Die effektivsten potenzfördernden Nährstoffe in einer Rezeptur, in Optimal-Dosierung.
1.600 mg pures REIN-L-Arginin zur Entspannung der Gefäßwände und Erweiterung der Blutgefäße, was den Blutfluss in die Schwellkörper erheblich beschleunigt.
Darüber hinaus hilft reines L-Arginin, die Sauerstoffversorgung des Herzens zu sichern.
40 mg konzentriertes Ginkgo-Bilbao-Extrakt fördert die Mikrozirkulation in den Genital-Kapillaren.
80 mg original PANAX-Ginseng-Jujube-Komplex zur Stimulation sexueller Vitalität und Energie.
NEU: 250 mg Muira-Puama-Extrakt, aus der Rinde des "Potenzbaumes" der brasilianischen Ureinwohner. "

Diese 'Hyperveril'-Pille setzte ich dann auch ein, um mein Herz-Kreislaufsystem zu stärken. Der hohe Anteil an L-Arginin in der Potenzpille brachte mich darauf.
Aber da gab es Komplikationen!

Folgen Sie mir bitte in die nächste Abteilung!

7. Kapitel:
Treib mit deinem Herze keine üblen Scherze!

Die einzige richtige rezeptpflichtige Tablette, die ich schlucke, die ich also von einem Arzt verschrieben bekam, ist ein sogenannter 'Beta-Blocker'.

Momentan schlucke ich eine halbe Tablette pro Tag (2,5 mg).

"Betablocker ... sind eine Reihe ähnlich wirkender Arzneistoffe, die sich im Körper mit β-Adrenozeptoren verbinden, diese blockieren und so die Wirkung des „Stresshormons" Adrenalin und des Neurotransmitters Noradrenalin (kompetitiv) hemmen. Die wichtigsten Wirkungen von Betablockern sind die Senkung der Ruheherzfrequenz und des Blutdrucks, weshalb sie bei der medikamentösen Therapie vieler Krankheiten, insbesondere von Bluthochdruck und Koronarer Herzkrankheit, eingesetzt werden."

(https://de.wikipedia.org/wiki/Betablocker)

Verschrieben wurde mir der Beta-Blocker vor ungefähr zwanzig Jahren. Anfangs sollte ich zwei Tabletten täglich einnehmen.

Vorausgegangen waren bei mir massive Herzprobleme. Sie kamen aus dem berühmten heiteren Himmel - oder schier aus dem Nichts, wie es heute heißt! - und sorgten bei mir für Verwunderung.

Ich war gewohnt, dass mein Herz klaglos und ohne sich nach vorn zu drängen funktionierte. Das hatte es ja auch fast fünfzig Jahre lang getan. Und plötzlich - oft so ein dumpfes Gefühl, als wäre mein Brustkorb zu eng für das Herz, und der Herzschlag tönte mir in den Ohren, und manchmal stolperte es. Kurze Aussetzer im normalen Rhythmus! Herzrhythmusstörungen! Genau!
Meine damalige Ärztin sagte, dass ich mich nicht übermäßig sorgen müsse, Herzrhythmusstörungen seine häufig und meistens relativ harmlos.

"Auch bei ansonsten gesunden Menschen tauchen hin und wieder Herzrhythmusstörungen auf, die sich auf vielfältige Weise zeigen. Sogenannte Extrasystolen sind recht häufig, ohne krankhafte Ursache. Das sind Schläge, die unabhängig vom normalen Herzschlag auftreten und meist als Stolpern oder Aussetzer wahrgenommen werden. Diese gelegentlichen Extraschläge können ganz normal sein oder durch besondere Belastungssituationen (Übermüdung, Aufregung, übermäßiger Konsum von Nikotin, Kaffee oder Alkohol, Medikamenteneinnahme) entstehen. Da auch Krankheiten Extrasystolen hervorrufen, ist ein Arztbesuch bei wieder-

holtem oder erstmals langem Auftreten rat-
sam, um die Ursache zu ergründen.
Ursache kann auch eine Funktionsstörung
der Schilddrüse sein. "

(www.ratgeber-herzinsuffizienz.de/herzinsuffizienz/ursachen-

risikofaktoren/herzrhythmusstoerungen/)

Meine Ärztin überwies mich zu einer Spezia-
listin für Schilddrüsenkrankheiten, die aber
keine Erklärung für meine Herzprobleme lie-
fern konnte.
Die Schilddrüse wäre es nicht, meinte sie ka-
tegorisch.

Meine Hausärztin verschrieb mir dann einen
Spray zum Inhalieren, für den Notfall, und
überwies mich an einen Facharzt für Innere
Medizin. Dort begann es mit EKG etc., um
meinen Zustand zu ermitteln.
Ich erinnere mich nun allerdings nicht mehr
genau an den weiteren Ablauf der Ereignisse.
Jedenfalls kam es zu einer Eskalation meiner
Beschwerden.

Nebenbei:
Meine Ärzte - Hausarzt wie Internist - waren
in meinem Wohnort in Bayern ansässig, wo
ich seit der Trennung von meiner ersten Frau
bei meiner Interimsfrau - oft die halbe Wo-

che über - lebte. Die andere Hälfte der Woche, lebte ich in einer kleinen Junggesellenwohnung in Chemnitz.

In Chemnitz befand sich nach wie vor meine Kabarettspielstätte, wo ich entsprechende Auftritte hatte. Meine Interimsfrau wirkte gelegentlich als Pianisten mit. In dieser Woche - als mein Herz verrücktspielte - allerdings nicht.

Ich hatte Auftritte mit einem anderen Partner. Und als ich an jenem Samstag nach der Vorstellung in meine kleine Wohnung kam, war ich allein.

Da ging es los!

Bis zu diesem Zeitpunkt hatte ich mich noch nicht mit dem Thema 'Herzinfarkt' beschäftigt. Auch bei meinen beiden Ärzten - trotz der Rhythmusstörungen - war das Thema noch nicht berührt worden. Ich war schließlich ein vor Gesundheit strotzendes Exemplar von Mann! Oder wie auch immer! Das was mit mir in jener Nacht ablief, war grauenhaft!

Es war so, wie es im Buche steht:

"Die Schmerzen können bis in den Hals oder auch in den Rücken, den Oberbauch und die Arme ausstrahlen. Häufige Begleiterschei-

nungen sind kalter Schweiß, Blässe, Engege-
fühl in der Brust, Übelkeit, Atemnot, Unruhe
und Angst. Wichtig: Rufen Sie bei solchen
Anzeichen sofort den Notarzt unter der Ruf-
nummer 112 an!"

(https://www.apotheken-umschau.de/Herzinfarkt)

Notarzt anrufen!
Auf die Idee bin ich damals nicht gekommen!
Ich begriff nicht, dass das, was mir da wie-
derfuhr und mich auf dem Fußboden zu-
sammenkrümmen ließ wie ein Wurm..., dass
das ein Herzinfarkt war.
Ich probierte den Spray und hoffte, dass der
Anfall, den ich in die Reihe der wesentlich
leichteren Anfälle, die ich in den letzten Wochen schon gehabt hatte, einreihte, bald vo-
rüber ist.
Irgendwo ahnte ich allerdings, wenn ich
mich recht erinnere, dass ich da auf dem
Fußboden um mein Leben kämpfte, aber ich
war mir eben nicht sicher.
Ich überstand die Nacht irgendwie.
Am nächsten Tag fuhr ich nach Bayern zu
meiner Interimsfrau.

Auf der Autobahn hatte ich dann so eine Art
von 'Nachbeben'. Mich zog es am Lenkrad

zusammen, dass ich mich und das Auto nur mit letzter Kraft per Vollbremsung auf dem Seitenstreifen retten und zum Stehen bringen konnte. Dann wurde mir für eine Weile schwarz vor Augen. Wie lange weiß ich nicht.

Als ich schließlich bei meiner Interimsfrau ankam und erzählte, was mir passiert war, schien die mir eigentlich so wenig zu glauben, dass ich einen Herzinfarkt gehabt haben könnte, wie zwei Tage später auch mein Internist es nicht glauben wollte.

Immerhin verschrieb mir mein Internist die Beta-Blocker und ich kam - so wie mein Herz - langsam wieder zur inneren Ruhe.

Zur Abrundung meiner Behandlung wurden mir noch Magen- und Darm gespiegelt und ich erhielt am Ende einen symbolischen TÜV-Stempel.

Was aber waren die Ursachen für meine Herzprobleme gewesen?
Diese Frage war noch offen und beschäftigte mich damals sehr. Schließlich wollte ich vorbeugen, damit ich so etwas nicht noch einmal erleben... - oder genauer gesagt - überleben müsste!

Unter den anderen, nicht mit der Schilddrüse zusammenhängenden oben genannten möglichen Ursachen für Herzrhythmusstörungen - Aufregung, übermäßiger Konsum von Nikotin, Kaffee oder Alkohol - war sicherlich die eine oder andere Sache, die mir hätte zu denken geben können.

Nikotin allerdings entfiel völlig, da ich seit zwanzig Jahren nicht mehr rauchte.

Kaffee...? Naja!

Alkohol...? Naja!

Aufregung... - das war es!

Ich war mir sicher, dass es die permanente Aufregung war, die infolge meiner Streitigkeiten mit meiner Interimsfrau mein Gemüt belastete und mein Herz aus dem Tritt gebracht hatte.

Unsere Streitereien hatten begonnen, nach dem wir einige Jahre nach der Wende aufeinandergeprallt waren und keine Chance hatte, uns zu entgehen. Wir waren aneinander rettungslos verfallen.

Anfangs war der Auslöser für die Streitereien oft meine erste Frau, von der ich mich nicht schnell genug lösen konnte, oder wollte. Dann kamen die ewigen Streitereien über Gott und die Welt hinzu.

Meine Interimsfrau war im Westen Deutschlands sozialisiert worden und ich im Osten. Sie gehörte zur Generation der '68er', ich war ein Ossi. Welches gigantische Konfliktpotential in dieser Konstellation liegt, erlebten wir ungefähr neun Jahre lang in aller Ausführlichkeit - inklusive Partnerberatung und individueller psychologischen Betreuung.

Am Ende stand half nur eine Trennung. Wir mussten genügend Abstand zwischen uns einhalten.

Drei Jahre nach dem - offiziell unbestätigten - Herzinfarkt, trennte ich mich von meiner Interimsfrau, die ich vorher allerdings noch geehelicht hatte. Wir heirateten in Konstanz am Bodensee.

Pillen gegen Dämlichkeit habe ich bis heute leider keine gefunden.

Beta-Blocker schlucke ich bis auf den heutigen Tag. Täglich eine halbe Tablette.

Einige Jahre hatte ich nicht geringsten Probleme mit meinem Herz und seinem Rhythmus.

Ergänzend zum Thema Herz-Kreislauf:

Von einer - wie ich finde - interessanten Begebenheit möchte ich noch berichten, die im Zusammenhang mit meinen damaligen Herzproblemen steht:

Ich hatte, was ich oft tat, eine kleine Fahrradtour unternommen. Es war kurz nach dem Erhalt des TÜV-Stempels, als es mir begann, mehr und mehr besserzugehen.

Um erreichbar zu sein, hatte ich natürlich auch beim Fahrradfahren immer das Handy am Mann. In der Brusttasche meines Hemdes war es am besten aufgehoben. Ich trug gerade in der Sommerzeit, wenn man keine Jacken oder Mäntel trägt, das Handy meistens in der Brusttasche meiner Hemden oder T-Shirts. Stets griffbereit!

Bei der Radtour hatte ich plötzlich wieder so einen Ansatz, so ein dumpfes Aufkeimen jener unangenehmen Gefühle in der Herzgegend, wie ich sie in unguter Erinnerung hatte.

Ich versuchte durch intensive Atmung und leichte Schläge auf meinen Brustkorb das Gefühl abzuwehren. Aber es wollte nicht weichen!

Natürlich hatte ich schon von Leuten gehört, die Angst haben vor elektromagnetischer Strahlen.

"Welche Art von Strahlung geht von Handys aus?

Verwenden wir ein Smartphone - über das Mobilfunknetz oder WLAN - entstehen dabei hochfrequente elektromagnetische Felder (umgangssprachlich auch Mikrowellen-strahlung genannt). Diese Art der Strahlung ist im Gegensatz zu Röntgenstrahlen nicht ionisierend, kann also keine Atome oder Moleküle elektrisch aufladen. Somit sind diese Felder laut dem Bundesamt für Strahlenschutz auch nicht in der Lage, das Erbgut zu verändern und Krebs auszulösen. Bekannt ist dagegen, dass hochfrequente elektromagnetische Felder Gewebe erwärmen können. Deshalb sollten Männer zum Beispiel nicht dauerhaft das Handy in der Hosentasche haben. Die lokale Erwärmung kann unter Umständen den Hoden schaden."

(https://www.apotheken-umschau.de/Krebs/Wie-gefaehrlich-ist-Handystrahlung-535337.html)

Eingedenk dieser Bedenken gegenüber den Handys, nahm ich also mein Handy aus der

Brusttasche meines Hemdes und steckte es in die Arschtasche.

Nach zehn Minuten war das Druckgefühl in der Herzgegend weg.

Seither trage ich mein Handy nicht mehr in irgendwelchen Brusttaschen!

Und kürzlich meldete sich wiedermal mein Herz!

Allerdings ohne einen Zusammenhang mit Handy oder anderen Strahlungsquellen!

Einfach so!

Druckgefühl, Herzschläge zum selbst Mithören... - und, was dazu kam, seit einiger Zeit hatte ich Schwindelanfälle.

Wenn ich lange irgendwo gesessen hatte, zum Beispiel im Auto bei längeren Strecken, und dann ausstieg, kam der Schwindel, dass es mir manchmal fast schwarz vor den Augen wurde.

Das renkte sich allerdings jedes Mal nach einigen Sekunden wieder ein.

Es war allerdings ein Hinweis, dass mein Kreislauf nicht mehr ohne weiteres solche Belastungsänderungen wegstecken konnte.

Ich höre auf solche Signale.

Als erste Maßnahme begab ich mich spontan in mein Lieblings-Cafe und trank - statt wie sonst Weißwein - zwei Glas Rotwein.

Rotwein ist bekanntlich gut für das Herz!

Zuhause sondierte ich dann meine Pillen-Kataloge nach geeigneten Pillen, die meinen Kreislauf samt Herz unterstützen könnten.

Als erstes fand ich Weißdorn-Pillen. Rein Pflanzlich!

"Weißdornblätter mit Blüten enthalten als wichtigste Inhaltsstoffe Flavonoide und Procyanidine. Diese werden für die herzstärkende Wirkung verantwortlich gemacht: Weißdorn kann unter anderem die Kontraktionskraft und das Schlagvolumen des Herzens steigern und die Durchblutung des Herzmuskels verbessern. Weißdornblätter mit Blüten werden deshalb in Form von Fertigarzneimitteln bei Herzschwäche (Herzinsuffizienz) in den NYHA-Stadien I und II eingesetzt."

(https://www.netdoktor.de/heilpflanzen/weissdorn/)

Weißdorn war gebongt!

Dann fand ich 'L-Arginin'-Pillen.

"L-Arginin ist eine proteinogene α-Aminosäure. Für den Menschen ist sie semi-

essentiell. Der Name leitet sich vom lateinischen Wort argentum (Silber) ab, da die Aminosäure zuerst als Silber-Salz isoliert werden konnte. Diese Aminosäure hat den höchsten Masseanteil an Stickstoff von allen proteinogenen Aminosäuren."

(https://de.wikipedia.org/wiki/Arginin)

"Wirkung: Arginin enthält viel Stickstoff und kann mit Sauerstoff zu Stickstoffmonoxid reagieren. Durch Stickstoffmonoxid entspannen sich der Herzmuskel und die glatte Muskulatur. Dies führt zu einer Erweiterung der Blutgefäße. Somit sorgt Stickstoffmonoxid für eine verbesserte Durchblutung und Sauerstoffversorgung der Blutgefäße.
Da Arginin die Erweiterung der Blutgefäße beeinflusst, kann es sich positiv bei Erkrankungen wie Arteriosklerose auswirken. Dies geschieht nicht nur durch die Gefäßerweiterung, sondern auch dadurch, dass sich die Ablagerungen an den Wänden der Blutgefäße zurückbilden. Neben Arteriosklerose kann sich Arginin auch positiv bei Bluthochdruck auswirken."

(https://www.gesundheit.de/ernaehrung/naehrstoffe/naehrstoffwissen/arginin")

Nun hatte ich mehrere Packungen von Pillen am Lager, die ich mir sehr reichlich zur direkten Stärkung meiner Männlichkeit gekauft hatte, wie zum Beispiel das Hyperviril oder Vital-G-max, die aber nun seit einigen Monaten keine Verwendung fanden, weil es keinen gesteigerten Bedarf gab. Die haben einen hohen Anteil von L-Arginin.

So beschloss ich also, statt reine L-Arginin-Pillen zu bestellen, diese Männer-Pillen zur Stärkung von Herz und Kreislauf einzusetzen... - und eventuelle überflüssige Stärkungen meiner Manneskraft billigend in Kauf zu nehmen.

Nach zirka sechs bis acht Monaten, in denen Weißdorn- und L-Arginin-Männerpillen zu meinem Pillen-Repertoire gehörten, waren nicht nur die Herzprobleme nicht wiederaufgetaucht, sondern auch die Schwindelanfälle beim plötzlichen Aufstehen erledigt.

Ein großer Erfolg meines Pillen-Managements!

Ich war sehr stolz auf mich!

Und Sie ahnen natürlich bereits, geneigter Leser - da kommt ein 'Aber'!

Das 'Aber' bezieht sich...
- nein, nicht auf eine überstarke Stärkung meiner Manneskraft! Die blieb im... sagen wir... 'grünen Bereich'!
- nein, das 'Aber' bezieht sich auf eine niederträchtige Nebenwirkung, die das L-Arginin bei mir hatte:

L-Arginin ist nämlich ein Stoff, den der Herpes-Virus braucht, um sich zu aktivieren. Für Leute, die kein Herpes-Virus haben, also völlig ohne Relevanz!

Ich aber habe einen Herpes-Virus!
Und den hatte ich mit den L-Arginin-Pillen auf Trapp gebracht.

Die Wirkung von B-Vitaminen, die gegen den Herpes-Virus gerichtet war, wurde blockiert.
Also musste ich das L-Arginin leider sofort absetzen. Schade! Schade! Schade!

Als Ersatz wählte ich Meditenol-Pillen.

"• Meditenol Intenz enthält den klinisch geprüften Olivenblatt-Extrakt Benolea, gewonnen aus frischen Oliven-Blättern mit Hilfe des patentierten EFLA HyperPure-Prozess.1

Benolea ist ein Vollspektrum-Extrakt, welcher 24 % Oleuropein und mehr als 30 % Polyphenole enthält.

• Den Blutdruck auf natürliche Weise senken...

• Das enthaltene Vitamin B6 verringert Müdigkeit und Erschöpfung und unterstützt den normalen Energie Stoffwechsel.

• Meditenol Intenz ist rein pflanzlich und somit ideal für Vegetarier und Veganer geeignet."

Die Meditenol-Pillen müssen sich zwar in ihrer Langzeitwirkung noch bei mir bewähren, aber ein kleines Dilemma muss ich eben doch bereits vorher wieder konstatieren, das mir die Grenzen meines laienhaften Lateins aufzeigt:

Pillen können auch relativ kurzfristige und ungeplante Wirkungen haben:
Die Vitamin-B-Pillen - gegen Herpes gedacht - hatten augenscheinlich gegen das Kribbeln im Fuß und am Nacken geholfen.
L-Arginin zur Stärkung von Herz und Kreislauf - gegen das Schwindeln gedacht - beschleunigte stark die Reaktivierung des Herpes-Virus.

Nachdem ich L-Arginin abgesetzt hatte, kam es innerhalb weniger Tage zum Stillstand an der Herpesfront. Die Verdickung, die sich gerade wieder gebildete hatte, ging zurück. Es kam nicht mal mehr zur Bildung der eitrigen Bläschen.

Aber ohne L-Argininzufuhr wurde mir wieder häufig schwindelig beim plötzlichen Aufstehen. Und - wenn es keine Einbildung ist, dann habe ich manchmal wieder so einen leichten Druck im Brustkorb...

Was tun? - sprach Zeus.
Ein kleiner Teufelskreis!

Allerdings - für alle, die kein Herpes haben...

- L--Arginin schlägt bestens an - für das Herz und für den Mann!

Was ich nun gegenwärtig gegen diesen Aufsteh-Schwindel - der hauptsächlich beim Halt während langen Autofahrten auftritt - unternehme?
Tja…
- mein Blutdruck befindet sich übrigens - stabil, seit ich die Blutdrucktabletten, die mir meine Hausärztin verschrieben hat - im

Normalbereich zwischen so 120-130 zu 60-70 -

… und bis mir nicht Besseres unterkommt…
- versuche ich viel Wasser zu trinken!

Ja, wenn ich reichlich Wasser vor oder während einer Autofahrt trinke, tritt der Aufstehschwindel nicht oder nur sehr vermindert auf.

Bloß eben Mist, dass ich dann zwangsläufig meine Blase öfters entleeren muss.

Also, bei längeren Autofahrten auf der Autobahn - wo zwar hinreichend Rastplätze mit Toiletten existieren, aber anderseits stets die Gefahr von Stau besteht… - verkneife ich mir lieber, mich mit Wasser aufzutanken.

Dann muss ich eben besonders beim Aussteigen darauf achten, mich im Schneckentempo vom Sitz zu lösen und dann eine Weile neben dem Auto zu verharren. Wenn Schwindel auftaucht kann ich mich dann notfalls am Auto abstützen.

Nicht gleich in Eile losstürzen!

Wird es schwarz vor beedn Oochn, is manchor in den Dreck gefloochn!

Epilog

- Man müsste sich also wesentlich besser mit all diesem medizinischen Kram auskennen, um Pillen optimal einsetzen zu können.

- Würden sich Ärzte und Apotheker mehr mit den Pillen beschäftigen und mir genauer sagen können, welche Pillen zu schlucken - wann und unter welchen Umständen - sinn- und wirkungsvoll ist, könnte ich mir ein Haufen Geld sparen und die Pillen könnten ihre Wirkungen optimal entfalten.

- Die Übernahme der Kosten für Pillen durch die Krankenkassen wäre sicher auch ein richtiger Schritt auf dem Weg, mehr Geld für Prophylaxe als für Heilung auszugeben.

Januar 2019/24